Sergio Valdissera

O LADO DEMÔNIA

Sergio Valdissera

O LADO DEMÔNIA

Copyright © 2023 by Editora Letramento
Copyright © 2023 by Sergio Valdissera

Diretor Editorial Gustavo Abreu
Diretor Administrativo Júnior Gaudereto
Diretor Financeiro Cláudio Macedo
Logística Daniel Abreu e Vinícius Santiago
Comunicação e Marketing Carol Pires
Assistente Editorial Matteos Moreno e Maria Eduarda Paixão
Designer Editorial Gustavo Zeferino e Luís Otávio Ferreira
Revisão Daniel Rodrigues Aurélio
Capa José Guilherme Machado
Diagramação Renata Oliveira

Todos os direitos reservados. Não é permitida a reprodução desta obra sem aprovação do Grupo Editorial Letramento.

Dados Internacionais de Catalogação na Publicação (CIP)
Bibliotecária Juliana da Silva Mauro - CRB6/3684

V146l	Valdissera, Sergio
	O lado demônia / Sergio Valdissera. - Belo Horizonte : Letramento, 2023.
	132 p. ; 14 cm x 21 cm. - (Temporada)
	ISBN 978-65-5932-368-5
	1. Literatura. 2. Romance. 3. Volta por cima. 4. Dois lados. I. Título. II. Série.
	CDU: 82-31(81)
	CDD: 869.93

Índices para catálogo sistemático:
1. Ficção - Romance 82-31(81)
2. Literatura brasileira - Romance 869.93

LETRAMENTO EDITORA E LIVRARIA
Caixa Postal 3242 – CEP 30.130-972
r. José Maria Rosemburg, n. 75, b. Ouro Preto
CEP 31.340-080 – Belo Horizonte / MG
Telefone 31 3327-5771

TEMPORADA
É O SELO DE NOVOS AUTORES
DO GRUPO EDITORIAL LETRAMENTO

Uma capela minúscula, pouquíssimos convidados, sem padrinhos, sem marcha nupcial e com uma "entrada da noiva" unicamente pela própria noiva. O noivo já a esperava no altar somente com o padre, e seu pai assistiu a tudo do último banco da capela.

Assim foi o primeiro casamento de Manuela Flaviana Ramos, uma moça simples, que saia de casa mais para viver longe do seu pai do que para viver um grande amor. Seu pai, um ranzinza machista, a criou com rédea curta, colocando obstáculo para tudo o que se apresentava na vida da então garota.

Manuela era filha única de um casal extremamente religioso. Sendo assim, o único compromisso seu e de sua mãe, fora os afazeres de casa, era ir à missa, confessar-se e participar de todas as procissões, ofícios e orações que aconteciam na paróquia da qual faziam parte.

No dia desse seu casamento, sua mãe não compareceu, já que teve de ser internada às pressas com a pressão alta, à beira de um ataque cardíaco. Para muitos a cerimônia foi um tanto bizarra por esse motivo, mas não era verdade. Seu pai condenava "festas mundanas" – após a celebração, somente um jantar simples foi servido.

Tudo isso nunca foi motivo para que a jovem não tivesse fé. Considerava tudo o que vivia um grande exagero, mas acreditava nos sacramentos e na igreja que participava. Extremamente devota de Nossa Senhora do Carmo, resolveu casar-se naquela pequena capela, por levar esse título. Durante a cerimônia fitava o olhar na santa e pedia um pouco de tranquilidade em sua vida tão cercada de cobranças por parte de sua família.

Após o casamento, mal sabia Manuela que seus problemas estavam apenas começando. O marido, que pouco conhecia, se revelou um grande alcoólatra. Bêbado pelos bares da cidade, tinha de ser carregado para casa praticamente toda noite. Até o quarto ano, não tinha filhos, pois o marido não correspondia com suas funções na cama, já que a bebida não deixava.

A vida de Manuela era de casa para a missa e da missa para a casa, exatamente da maneira como tinha aprendido com seus pais. Às vezes pensava que a vida não lhe sorria, já que não seguiu os desejos de seu pai de ir para um Convento.

Entre idas e vindas, Manuela ficou grávida após seis anos de seu casamento. Breno nasceu prematuro justamente no dia em que, seu progenitor, bêbado como todas as noites, caiu na guia da calçada de sua casa. Passou a madrugada sangrando sem socorro. Pela manhã, após ser levado para o hospital, não resistiu aos ferimentos.

Justino, o primeiro marido de Manuela, lhe dava a primeira dor de uma perda irreparável. Com a morte de seu marido, a jovem viúva não teve outra saída a não ser procurar abrigo na casa de seus pais até conseguir forças para trabalhar fora e sustentar a criança.

Seu pai a recebeu bem, mas deixando claro que precisava dar um rumo na vida, já que mulher sem marido, segundo ele, só poderia tornar-se uma puta – ainda que a filha fosse tão certinha como era. Sua mãe, uma mulher de poucas palavras, nada fazia a não ser apoiar o marido.

Passado o período do 'resguardo', Manuela voltou para casa com a promessa de um emprego de diarista na casa de uma amiga de sua mãe. Rúbia, embora mantivesse constantes visitas à casa dos Ramos, era uma mulher totalmente diferente dos pais de Manuela.

– Não entendo o porquê seu pai é tão machista – indagava a nova amiga e patroa.

– Meu pai é um bom homem – respondia.

– O machismo mata, Manuela.

Manuela nunca respondia além disso, mas concordava que o comportamento de seu pai era tóxico e que tudo aquilo não era a 'vontade de Deus', como costumava justificar.

Desde a morte de seu marido tudo em sua vida era Breno. A duras penas conseguia sustentar sua casa e seu filho, motivo pelo qual Rúbia reforçava em suas conversas o papel da mulher, na tentativa de fazê-la entender que seu pai era um ogro e não um homem religioso, como se autointitulava.

O tempo passou e com ele as coisas pouco mudaram para Manuela, a não ser o fato de que trabalhava tanto a ponto de ficar irreconhecível, com a perda constante de peso. Além da casa de Rúbia, fazia faxina em mais cinco casas aleatórias, com medo de que não desse conta de seu compromisso com o filho. Breno crescia um bom rapaz, ficava na creche e com a avó enquanto a mãe trabalhava.

Vendo que a amiga e empregada acabaria definhando daquela forma, Rúbia resolveu indicar o trabalho de Manuela para uma família bem posicionada financeiramente, afinal era jovem e podia reconstruir a vida em qualquer lugar. Para aceitar o trabalho, era necessário que Manuela se mudasse de cidade. Ela ganharia bem mais e seria uma espécie de governanta da casa.

Agradecida pelo apoio, Manuela aceitou e embarcou dias depois com seu filho para o novo emprego.

※※※

Dez anos depois, nada havia mudado muito na vida de Manuela, embora o tempo fizesse progresso em sua forma de se vestir, além de mudar seus hábitos religiosos. Continuava católica, mas sem exageros.

Trabalhava na casa de Ravi Silveriano, dono de uma rede de lojas de móveis. Sueli, sua esposa, amava Manuela como se fosse sua irmã mais nova. O jeito da nova patroa a cativava. Era uma mulher moderna, estilo perua, mandava de um jeito todo específico em qualquer um que cruzasse seu caminho, mas tratava com respeito seus empregados.

Breno frequentava a mansão deles e fazia a alegria da casa, já que o casal de milionários não tinha filhos.

Na mansão dos Silveriano aconteciam com frequência festas e jantares. O casal tinha uma vasta rede de amigos e ao menos uma vez por mês toda a elite do país se encontrava na casa dos magnatas.

A desgraça aconteceu justamente em uma ocasião como essa, quando um crime bagunçou não só o evento do dia, como a família Silveriano e, consequentemente, a vida de Manuela: no meio de toda aquela festança e dos milionários, houve um acerto de contas que só mais tarde ela compreendeu. No meio dos ricos também havia os que faziam fortuna com meios ilícitos.

Aconteceu que, no meio da festa, um suposto segurança subiu aos quartos para verificar o bem estar de seu patrão, quando na verdade o esfaqueou, deixando o corpo deitado na cama. Percebendo que a porta do quarto estava entreaberta, Manuela entrou para verificar o que havia e foi a primeira a ver a cena do crime. O assassino fugiu e ela causou um rebuliço pedindo socorro.

Com a mansão cercada de policiais e repórteres logo ao amanhecer, Ravi, que era um homem discreto e correto, resolveu que não permaneceria mais na cidade, pois se sentia envergonhado. Assim, passado os trâmites de toda a investigação, eles se mudaram para a Europa, deixando Manuela em maus lençóis.

Vendo que a sua ex-governanta estava sem saída e desesperada, Sueli se propôs a ficar uma temporada com Breno. Sem pensar direito, e vendo a empolgação do filho, Manuela cedeu. Pensou na hora somente na oportunidade que o filho teria estando com Sueli.

Quando eles embarcaram para a Europa, Manuela só sabia que iriam para a Itália, mas seu alívio em saber que o filho estaria nas mãos de uma mulher tão bondosa e rica a fizeram acreditar que tudo seria como um sonho e que ela manteria contato sempre. Ledo engano.

Nas três primeiras semanas, Sueli ligava todos os dias dando notícias de Breno e o mesmo falava com a mãe. Passado esse tempo, Sueli não ligou mais e nem atendia as ligações de Manuela.

Dois dias já foram o bastante para que a viúva de Justino entrasse em parafuso e procurasse a delegacia, mas ao contar como o garoto tinha partido, o delegado a orientou que mantivesse a calma e que 'tudo ia ficar bem'. Ele acreditava que sendo uma viagem com o consentimento da mãe, ela havia dado o filho para a família abastada e infértil.

Manuela procurava a delegacia todos os dias, até quando, irritado, o delegado disse que ela deveria ter vergonha de ter dado o filho, talvez por algum dinheiro, e agora o perturbava todos os dias. Aos gritos o delegado a pôs para fora.

Aos prantos, Manuela nem se lembrou de procurar a igreja. Arrancou todos os anéis, brincos, correntes e o terço que carregava, jogou-os na rua e entrou no primeiro bar que encontrou. Chovia muito e suas lágrimas se confundiam com a água da chuva. Talvez não tenha sequer percebido que chovia forte demais. Ao adentrar o bar, somente levantou a cabeça em direção ao balcão e desmaiou.

***

O dia amanheceu e Manuela abria os olhos lentamente. A dor de cabeça era tanta que parecia que tinha batido a cabeça.

— Onde estou? - perguntou olhando para o canto da porta.

— Está no meu estabelecimento - respondeu um homem aparentemente de sua idade.

— O que você fez comigo?

— Eu, nada! Agora alguém deve ter feito algo muito ruim pra você, não?

— Não lhe interessa - respondeu sentando-se na cama.

— Pois, bem! Então se levante, e saia daqui - disse saindo do quarto.

— Não, calma! Me desculpe! Ainda estou tonta.

— Bêbada você não estava moça, por isso a coloquei pra dentro de casa. Conheço quem bebe de longe. Você parecia passar mal.

— E realmente foi! Perdi meu filho! Meu único filho!

— Ele morreu?

— Não, mas o levaram de mim!

— Você não quer tomar um café? Acho que ainda está confusa!

– Não acredita em mim? - alterou a voz - igual aquele maldito delegado?

– Calma moça! Aliás, qual seu nome? O meu é Pedro, mas pode me chamar de Fino.

– Fino?

– Sim! Apelido de infância.

– Está bem, Fino! O meu é Manuela.

Fino na verdade não era um simples dono de bar. Ele servia de faz-tudo e seu estabelecimento era esconderijo para o Tocaia, traficante que mandava em boa parte das favelas de São Paulo. Aliás, foi Fino quem fez o serviço sujo na casa dos Silveriano, disfarçado de segurança. Quando Manuela começou a contar o que aconteceu com seu filho e quem foi que o tinha levado para Europa, ele se apressou em tirar a moça de dentro de sua casa/bar.

Saindo do Bar de Fino, Manuela se sentia sem rumo e sem casa, embora soubesse que tinha para onde ir. Estava sem chão e sequer sabia o que seria de sua vida. Não bastasse todo sofrimento até aquele momento, ainda teria que lidar com um filho desaparecido. O que a acalentava era que sabia que ao menos Breno teria uma vida de rei com aquela família. Mas uma coisa era certa: Manuela pensava que nem que tivesse que se prostituir para conseguir dinheiro, um dia ainda iria reencontrar o filho.

Manuela se tornou, até pela sua criação, uma mulher extremamente correta. Não atrasava uma conta sequer, mesmo que para isso ficasse com fome. E do que adiantou? Deu a vida por seu filho, quase adoeceu por ele, e na primeira oportunidade que surgiu, a vida sequer a retribuiu com carinho. Deu-lhe mais uma rasteira. Assim ela pensava todos os dias.

Até que, prestes a acabar seu dinheiro, resolveu pedir ajuda para Fino. Um emprego mesmo que fosse para servir os bêbados que ficavam o dia todo em seu bar. Como já conhecia o bar, Manuela foi adentrando devagar aos fundos do estabelecimento, chamando por Fino. O erro foi achar que podia ter feito isso, já que Tocaia estava sentado em sua mesa contando uma porrada de dinheiro.

– Você é louca, mulher! - levantou Fino a empurrando para fora.

– Me desculpe. Eu fui chamando e entrando. A porta estava aberta.

– Poderia estar tudo arreganhado! Não é sua casa!

– Calma, Fino - respondeu Tocaia, um velho em plena forma - deixe a moça entrar.

– Viu só? Grosso! Não fiz por mal!

– Aliás, Fino, deixe-me conversar com sua amiga!

Fino deixou, mas já havia entendido o que Tocaia quis dizer. Iria lhe oferecer dinheiro pelo silêncio, mas a comprometendo de alguma forma, ou iria levá-la para a cama forçadamente. Embora soubesse de tudo isso, não poderia fazer nada, a não ser fechar o bar e esperar. E assim fez.

Lá dentro, Tocaia explicava para Manuela exatamente o que era aquele dinheiro e exibia seu poder no controle do tráfico.

– E o senhor acha isso bonito?

– Não tive escolha! A vida me botou nisso.

– Pra tudo na vida existem escolhas.

– Mas pra isso não! Aconteceu comigo exatamente o que está acontecendo com você agora! Mas com uma diferença: eu sou homem e assumi o controle.

– Está querendo dizer que eu não assumiria porque sou mulher? Machista!

– Não sou machista, mas mulheres não têm estômago para isso.

– Não tenho estômago e nem quero ter. Aliás, não quero seus negócios!

– Viu só!

– Mas não quero pelos motivos que o senhor acredita. Não quero porque não concordo com esses negócios.

– Deixa de ser orgulhosa, menina! Está na sua cara que você precisa de dinheiro!

– Preciso sim! Mas dinheiro limpo.

– Dinheiro é sempre dinheiro. Não existe limpo ou sujo.

Enquanto falava isso, Manuela se lembrava dos Silverianos e das festas em que trabalhou. Ela sabia que para estar na 'casa-grande' bastava ter dinheiro, não importando de onde viesse, mas ainda assim sua consciência não deixava.

– De quanto precisa, menina? - perguntou Tocaia.

– Por que se chama Tocaia? - mudou de assunto

– Porque descobri o esquema do meu chefe escutando atrás de uma porta. Um dia fui pego e ele me fez essa proposta que estou te fazendo.

– Não estava escutando atrás da porta, não!

– A diferença é que sendo homem eu aceitei e dias depois matei meu chefe e tomei tudo!

– Se está esperando que vou matar o senhor, pode ficar tranquilo!

– Eu sei que não vai! Você é mulher, já disse!

– Tá bem, vou embora. Foi um prazer – interrompeu e já foi se levantando.

– Opa, opa, opa - disse colocando a arma em cima da mesa. - Tá achando que a banda toca assim, é? Pode sentar aí! Vai ao menos fazer um favorzinho pra mim!

Manuela se demonstrava forte, mas estava com muito medo. Sabia que estava lidando com gente da pesada e não podia escapar. Pensou em gritar, mas sabia que ninguém escutaria. Propôs ao velho um trato de silêncio, mas Tocaia estava irredutível. Foi então que ele lhe fez a proposta de irem para o quarto. Contrariada, aceitou e foi caminhando até a cama em que acordou do dia do desmaio. O velho já foi logo tirando a roupa e ela rezava em seu pensamento pedindo um milagre, como nos tempos de menina. Ainda sentada na cama e vestida, Tocaia, pelado em sua frente, dizia para que ela tirasse a roupa. Ela estava travada. Foi então que ele a forçou a ficar nua e abusou dela. Manuela, aos gritos tentava impedir, mas sem sucesso.

Após a violência, Manuela ficou deitada de barriga para cima, como se estivesse em choque. De seus olhos esbugalhados começaram a sair lágrimas. Foi quando ouviu Tocaia, deitado ao seu lado de bruços, começar a roncar.

Demorou uns segundos para que Manu voltasse a si mesma. Porém, ao levantar e se dirigir ao espelho, seu olhar já não era mais o mesmo. Olhando para si mesma no espelho, um filme passou por sua cabeça: o machismo doentio do seu pai, a bebedeira e morte de seu marido, a falta de dinheiro e de sorte, a perda de seu filho e por fim aquele velho que tinha acabado de estuprá-la.

Tomada pela fúria, ela saiu nua mesmo do quarto. Encontrou Fino sentado à mesa.

— Me dá uma arma! - disse ela!

— Melhor você se vestir e fugir. Não falo pra ele que te vi sair - respondeu Fino.

— Me dá uma arma!

— O que você vai fazer?

— O que ele disse que eu não teria estômago!

— Vai acabar se arrependendo!

— Não vou! Me dá uma arma que aquele verme está deitado em cima da dele, senão já o teria matado! - gritou.

Com o grito, Tocaia se levantou e da porta apontava a arma para Manuela.

— Não falei que não tem estômago? Naquele quarto o que mais tem é arma sua vadia!

— Deixa a moça ir embora, chefe - disse Fino.

— Não!

— Atira logo! - gritou Manuela.

O LADO DEMÔNIA

– Vou atirar sim, mas antes tô pensando em me divertir mais um pouco. Amarra ela, Fino!

Fino não queria, ainda tentou reverter a situação, mas Tocaia passou a ameaçá-lo com a arma. Então o capanga pegou uma corda e amarrou as mãos e os pés de Manuela e a levou de volta para a cama. Ela parecia imóvel, uma pedra. E os olhos exalavam ódio e lágrimas. Tocaia então jogou a arma na cama e quando ia se aproximar de Manuela, Fino pegou em silêncio uma arma de cima do espelho.

– Pode sair e fechar a porta, Fino - disse Tocaia.

– Já vou chefe, só preciso fazer uma coisa.

Irritado com a astúcia do capanga, Tocaia se vira para ele pegando a arma, mas Fino dispara três tiros contra o chefe.

***

– Por que você fez isso? - perguntou Manuela

– Você não tem culpa de nada. É inocente!

– Se você me soltar, não verá mais uma inocente. Me mata e toma o que é seu! Não é assim que funciona?

– Não se preocupe! Vou dar um jeito para que tudo fique como se ele não tivesse sequer passado por aqui. Sou bom em cumprir ordens, dar ordens não!

– Você não vai conseguir!

– Não me aborreça menina.

– Me leva onde fica tudo isso!

– O que está falando? Acabei de te salvar dessas tralhas e quer voltar lá?

– Se só é bom em seguir ordens, eu assumo!

Enquanto conversavam, Manuela se veste ao lado do espelho. A insistência dela em querer conhecer o tráfico é assustadora. Fino começa a arrastar o corpo de Tocaia para o banheiro, quando o motorista que aguardava o chefe do lado de fora arromba o bar.

— Deve ser o motorista dele - disse Fino

— Você não falou que daria um jeito de parecer que ele não esteve aqui? E ele veio com o motorista?

— As coisas funcionam assim. Mais um vai ter que ir pro saco.

O motorista chega nos fundos e vê Tocaia no chão. Pega a arma e aponta para Fino. Antes que comece uma discussão, Manuela sai do quarto, onde Fino mandou que se escondesse, e com a arma do ex-chefe na mão ela dá um grito e atira contra o motorista.

— O que você fez? - perguntou Fino.

— Salvei sua vida!

— Eu ia propor uma luta!

— Luta? Ah me poupe! Agora anda, me apresenta o tráfico.

Fino da risada e pelos fundos do bar/casa joga os corpos em uma van. Em seguida, os dois vão para o laboratório, no topo de uma favela.

— Chama alguém pra te ajudar - diz Manuela antes de Fino descer do carro.

— Ajudar no quê?

— Tirar esses 'doentes' de dentro da van e jogar aqui mesmo!

— Como assim?

— Faz o que tô falando! Você não é bom em cumprir ordens?

Mal o diálogo acabou, Sandro, um tipo meio nerd, se aproxima do carro. Ele logo é interpelado por Fino para que ajude a tirar os corpos de dentro do carro. Enquanto retiram os mortos, Manuela sai do carro com o cabelo amarrado, vestida de forma simples e com uma arma na cintura. Chama Fino para que vá na frente e apresente o que acontece dentro do tal laboratório. Ele fala com Sandro para que suspenda todo o trabalho.

— Rapazinho! Avise pra geral que quem manda agora sou eu! Ramos! Ah! E dê um jeito de tirar aquela carniça lá de fora! De preferência joguem em uma vala sem identificação!

***

No dia seguinte, Manuela não soltou uma lágrima sequer. Sentia-se vingada, mas com sede de mostrar para a vida que era hora de dar a volta por cima. Aquela mulher inocente e honesta deu lugar para alguém disposta a qualquer coisa.

Vestida com sua melhor roupa, esperava do lado de fora do portão da casa onde morava Fino chegar, já que não podia simplesmente ir sozinha. Aliás, sequer tinha meios para ir até lá.

Quando chegaram a comunidade estava em polvorosa. A movimentação era gigante e a fofoca corria solta de que uma mulher havia matado o chefe do tráfico. A visita de Manuela seria rápida se o inesperado não a surpreendesse: um empresário italiano queria falar com quem mandava ali.

Manuela se fez de difícil, liberou o 'trabalho' do pessoal de sua equipe e foi falar com o suposto empresário. O fato de sujeito ser italiano lhe chamou muita atenção, pois se lembrou de seu filho.

Mário Pocollini era um idoso, proprietário de inúmeras lojas de carros, e tinha a intenção de abrir mais uma bem na entrada da favela. Para isso, tinha ciência de que era necessário a autorização por parte do líder. O bom velhinho, como apelidou Manuela, ficou surpreso de que uma mulher o atenderia. A nova chefe autorizou.

Fino se tornou uma espécie de segurança. O capanga não sabia fazer outra coisa a não ser aquilo e sabia que Manu precisava dele. Apesar de tudo, desde que se conheceram no episódio do desmaio na porta do bar, vez ou outra ele se pegava pensando nela.

Ao sair dessa negociação, Manuela decidiu dar uma passada na Igreja. Embora acreditasse que Deus a tinha esquecido, ela resolveu entrar no Mosteiro São Judas Tadeu para se confessar e relembrar os velhos tempos.

– Não me lembrava que aqui era um ponto de entrada - disse Fino ao chegar em frente ao Mosteiro.

– Ponto do quê?

– O padre recebe carga nossa aqui. Não é isso que veio ver?

– Como é? - respondeu indignada.
– Há anos isso! Mas se não veio ver isso, vai fazer o quê?
– Nada! Até me esqueci, Fino! Vamos pra casa.

Chegando em casa, a primeira coisa que Manuela fez foi entrar no banheiro, tirar a roupa e se olhar no espelho. Estava impactada pela notícia. Fitou a si mesmo, depois abriu a gaveta do gabinete, pegou uma tesoura e começou a cortar o próprio cabelo. Ela ora ria, ora queria chorar, mas só agia com uma certeza e vontade ao ir subindo cada vez mais o corte até ficar bastante curto e repicado. Fitou-se mais uma vez. Tirou um pouco de sua sobrancelha. Abriu novamente o gabinete, olhou para uma tinta cor louro muito claro, que havia ganhado de Sueli anos atrás, e começou a passar no cabelo. Manuela nunca imaginou usar aquela tinta, havia guardado por consideração.

Era uma nova Manuela. Ligou para Fino e pediu que lhe comprasse o vestido mais poderoso e um salto alto mais chique. Tomou um banho demorado e foi dormir.

No dia seguinte, com um vestido vermelho bordô e um salto prateado que Fino havia deixado em sua sala junto com uma bolsa, brincos, relógio, óculos escuros e um perfume. Vestiu-se para matar. Então pediu que os meninos do tráfico descessem até a entrada da favela, já que a nova rainha do pedaço queria ser vista.

A cena parecia cinematográfica. Subia a poderosa. Manuela se sentia viva e pela primeira vez – e conseguia esquecer seus problemas.

***

Passado um bom tempo, a vida de Manuela já era outra. Morava em uma mansão e tentava fechar um negócio: casar-se com o italiano. Não pelo dinheiro e muito menos por amor. Ela queria mesmo era arrumar um meio de expandir os negócios, já que no decorrer do tempo, e na luta por encontrar seu filho, fez contato com um grupo de italianos que traficavam armas.

Mario Pocollini ficara viúvo há anos, e desde então seu interesse era só por carros, quesito que fez Manuela entender do assunto. Até que um dia, o senhor cedeu aos seus encantos na cama, e depois mais que uma vez. Após deixar o empresário gamado, Manuela se afastou com a desculpa de que por muito tempo havia quebrado um princípio que tinha de ter relacionamentos constantes somente com casamento.

Sentindo sua falta, Mario Pocollini cuidou dos papéis e se casou com Manuela em uma igreja de Roma. A própria Manuela fez questão que a união fosse com separação total de bens, ganhando a aparente admiração, inclusive, dos filhos do italiano.

Manuela tinha uma verdadeira coleção de perucas, só usava seu cabelo curtíssimo quando ia resolver negócios. Nesse seu segundo casamento, fez com que tudo o que fora privado no primeiro acontecesse. Foi uma verdadeira festa de arromba, e a noiva usou uma peruca que lembrava seu tempo de solteira, para que se sentisse um pouquinho a menina inocente de seu primeiro casamento.

O casamento com Mário, além de uma nacionalidade italiana, iria lhe render frutos nos negócios, então não pouparam recursos. Ambos estavam felizes.

– Uma senhora Pocollini, quem diria! - sussurrou ao pé do ouvido da noiva no momento dos cumprimentos o filho mais novo de Mário, Paolo.

– Parece até que não está gostando - respondeu Manuela, que entre um cumprimento e outro continuava sussurrando com o agora enteado.

– Estou sim, afinal nunca vi meu pai tão feliz desde que minha mãe faleceu.

– Isso todos estão falando, filhinho - ironizou.

– Agora não pense que ele também não tem interesse em seus negócios, viu.

– Isso é hora para isso, Paolo? - respondeu esbravejando e puxando o para o canto. - Você enlouqueceu?

– Eu não, mamãe, só queria dizer que vamos nos dar muito bem!
– Do que está falando?
– Ah, não se faça de boba. Acha mesmo que seu contato italiano caiu do céu? Meu pai deu uma ajudinha antes mesmo de vocês começarem com o namorico.

Um pouco confusa e um tanto desnorteada, Manuela se sentiu traída por Mário ter escondido o envolvimento com negócios escusos, mas como aquela era uma noite especial, resolveu deixar os assuntos para outro dia.

A mãe de Manuela, mais uma vez, não via a filha subir ao altar. Ela havia falecido logo quando ela teve de mudar para a casa de Sueli. Quanto ao pai, morava em São Paulo com uma nova mulher. Depois de rica, Manuela nunca o visitou, mas depositava todos os meses uma boa pensão para o velho.

Depois dos acontecimentos que a fizeram chefe do tráfico, seu parente mais próximo era Fino, que além de capanga e secretário, tinha orgulho de obedecê-la. Não havia necessidade, mas ela o tratava da melhor forma, tanto que além de propriedades, andava sempre muito bem vestido e com os melhores carros.

Passados alguns dias do casamento, Manuela precisava voltar para o Brasil, afinal, mesmo com Fino tocando os negócios, sentia necessidade de controlar de perto o que era seu. Arrumada como manda o figurino, pegou sua bagagem e de forma muito independente e sem pedido de permissão ao marido, se despediu:

– Meu bem, preciso voltar para o Brasil - disse a Mário.
– Eu sei que precisa! O Paolo vai com você.
– Eu sei! Sabia que quando eu pedisse o jatinho ele iria falar com você.
– O bom é que você vai conseguir tocar as coisas com ele. Preciso descansar.
– Aliás, benzinho, que coisas são essas que até hoje não sei do que se trata.

– Paolo vai lhe explicar.

Mário era um homem de poucas palavras quando se tratava de negócios. O fato era que ele traficava armas da Europa para o Brasil. Havia ficado encantado quando soube que uma mulher havia tomado o tráfico de drogas de maior fluxo do Brasil e foi pedir para abrir uma de suas lojas fantasias, com a intenção de estreitar negócios com Manuela. O que não contava era que se apaixonaria pela chefe, que depois disso, iria se tornar uma chefona.

Paolo foi quem explicou esses detalhes no voo de volta para o Brasil. Ambos ficaram tão amigos que mais adiante, ela teria um carinho de filho para com ele, tornando-se um protegido dela, embora o rapaz não precisasse disso.

***

O desembarque no Brasil foi recebido com festa na comunidade e a promessa de novos negócios. As empresas de Mário transitavam com armas em pequena quantidade, já que não havia forma para o aumento das mercadorias. Foi então que Manuela começou a pressionar todos os que ela ajudava desde que assumiu o fluxo. Por se lembrar do mosteiro, resolveu começar por lá.

Você sabe que o padre não vai gostar dessa ideia. Uma coisa é receber gramas de cocaína, agora, armas, Manuela... - conversava Fino.

– Uma coisa é fato, ninguém vai sequer desconfiar. Basta eles receberem uma ou duas vezes por semana - respondeu.

– Minha nossa, em que você se tornou. São padres!

– Padres, não! Alto lá! É um padre, e doido por dinheiro!

– Mas o risco vai ser de todos lá.

– Problema deles. Vão fazer o que eu quiser. Vamos! Saí do carro e vai confessar!

Assim era a forma como falavam quando Fino ia entregar a 'mesada' para o padre. E para a surpresa de Fino, por conta do atraso nesse repasse em razão do casamento de Manuela, o padre colocou aos gritos o capanga para fora da Igreja.

– Que confissão mais rápida - indagou Manuela

– O homem não pegou o dinheiro e ainda me botou pra fora aos gritos.

– E você não fez nada?

– Fazer o quê, Manuela? A missa vai começar já e a igreja tem bastante gente.

– Ele gritou contigo na frente de todos?

– Deixa pra lá, retira o ponto daqui e ele vai implorar daqui um tempo.

Enquanto Fino falava, Manuela tirou a peruca morena, arrumou o seu cabelo curto, trocou os óculos de sol e saiu do carro segurando sua bolsa de marca. Ao adentrar a igreja, passou ao lado da imagem de Nossa Senhora do Carmo, fez o sinal da cruz, se desculpou com a santa e seguiu para a sacristia.

Ao vê-la, o Padre, não sabendo quem era, reparando que se tratava de uma mulher aparentemente de posses, veio logo atender:

– Filha, se você procura por penitência, não posso atender agora, mas posso chamar outro sacerdote.

– Ah, padre, mas que pena! O senhor é o reitor, né?

– Sou eu mesmo! Mas o sacramento é o mesmo!

– Só queria fazer uma doação, mas não queria que outras pessoas vissem.

– Ah sim! Por favor, gente, saiam um minuto - pediu para os que estavam na sacristia.

Manuela retirou o pacote que o padre sabia ser do pagamento e com ele uma arma na cor dourada. Colocou-as em cima da mesa:

– Essa é a doação, padre!

– Por favor, saia daqui - sussurrou

– Acha que as coisas são como você quer, seu imundo? Assuma suas escolhas!

– Você é o Ramos?

– O que você acha, palhaço?

– Por favor, fale baixo. Sou um padre.

– Pensasse nisso antes de combinar com aquele outro imundo do Tocaia! Sujou sua batina, agora a banda vai continuar tocando. Ou... - pegando a arma da bolsa novamente.

– Você é pior que o Tocaia! Ele não entrava aqui... Respeitava esse chão!

– Mas não respeitava as mulheres, né? Mas não estou aqui para discutir sobre o comportamento dele. Você vai começar a receber mercadorias duas vezes por semana! Será recompensado por isso, embora não mereça. É isso ou vai negociar no inferno junto com o Tocaia! Sem mais perguntas!

O padre permaneceu calado enquanto Manuela saia da sala. Sabia que ela não estava para brincadeira e nunca havia passado pelo peso de sua escolha por dinheiro fácil. Ao entrar no carro, a chefe soltou um "resolvido" e desabou a chorar.

Duas semanas depois, o mosteiro passou a receber um carregamento de armas, em caixotes de trigo, já que faziam pão e hóstias em grande quantidade. Juntamente com o esquema no mosteiro, ela e Paolo arrumaram as lojas de carros da família para o recebimento de outros carregamentos.

O que já era grande, passou a ser um império. Manuela mantinha fazendas pelo Brasil com criação de gado, e mandou construir nelas porões camuflados para o esconderijo e comercialização das armas.

Em paralelo a isso, a poderosa tocava a passos largos a investigação sobre o filho. Durante todos esses anos, não havia muita surpresa do caso, mas ela não poupava recursos para encontrá-lo.

A vida parecia ter feito uma forma de Manuela, embora não feliz, ser recompensada em poder e muito dinheiro. Era conhecida com Ramos. A cidade toda sabia que quem comandava com mão de ferro tudo aquilo era uma mulher, mas não sabiam o nome. E a comunidade e boa parte da cidade, mesmo sem saber quem era, passou a gostar de Manuela, pois com seu bom coração ela ajudava muita gente. Era, para eles, a 'boa traficante'.

A calmaria dessa "boa fama" tornou-se uma ameaça quando a poderosa começou a incomodar as autoridades. O 'Ramos' começou a aparecer em pesquisas eleitorais com favoritismo. A polícia local, então, passou a investigar a região e por alguns dias a preocupação começou a tomar conta de Manuela. Ela não era boa, era uma criminosa, e sabia disso.

Oficialmente, Manuela era a esposa e administradora da "Express Car", do italiano Mario Pocollini, e dona de perucas perfeitas.

***

Mário era um sujeito teimoso. Passou a sentir fortes dores nas costas e uma tosse que parecia não ter fim. Não gostava de ir a médicos e escondia de todos os problemas de saúde que sentia. Depois de casado, sentia que precisava ficar em sua terra e, se voltou para o Brasil umas cinco vezes, foi muito. Manuela era quem revezava suas estadias entre Brasil e Itália.

Passado um tempo, Mário foi acometido por um agravamento da pneumonia que tinha desde quando começou a sentir dores nas costas. Ficou três semanas internado. Ao voltar para casa, Manuela resolveu permanecer mais tempo com o marido para cuidar dele. Mas durante essa estadia maior descobriu que quem barrava a investigação para saber o paradeiro de seu filho era o próprio Mario.

— Como pode fazer isso com quem diz que casou por amor? - gritou Manuela.

— Do que está falando? Ainda não superou o fato de eu ter escondido as armas?

— Não seja imbecil! Por que não quer que eu encontre meu filho?

— Está louca? Não sei nem do que está falando!

– Eu já descobri, seu verme! Você está travando tudo para que eu não o encontre.

– Você já tem tudo! Por que quer encontrar esse moleque? Ele nem te reconhece mais.

– Você é cruel! - respondeu gritando e dando murros no peito de Mário.

– Você vai me matar assim, Manuela! Ainda não consigo respirar direito!

Após a crise de choro, Manuela começa a se acalmar pensando justamente na hipótese de matar o velho. Ele havia tocado em uma de suas maiores feridas. O real motivo pelo qual ela havia chegado até ali. Ela logo pensou em Paolo, seu xodó, e na dor que ele de ter ao enterrar seu pai. Pensou que se o matasse de modo violento, poderia ser presa, e ela não aguentaria ficar em uma cela.

A frieza novamente tomou conta de seu coração. Mário, depois da temporada no hospital, ficou com um sono pesado, e enquanto ela chorava aquela dor imensurável, ele se sentou em uma cadeira ao lado da cama e pegou no sono. Ele sequer pediu desculpas. O sofrimento dela não o atingiu. Ele simplesmente dormiu a ponto de começar a ressonar.

Manuela se levantou do chão onde estava em prantos, agora de raiva, colocou uma gota de calmante em um copo e deu para seu marido, que, ao acordar e tomar, se deitou na cama. Era costume ela lhe servir o remédio todas as noites. Quando ele pegou no sono novamente, ela abriu a janela do quarto bem ao seu lado. Fazia frio e o vento gelado era constante. O sono pesado, aliado ao efeito do remédio, o fez cair em um sono muito profundo. Ela saiu do quarto e foi para a rua chorar ainda a dor da tramoia do marido.

Enquanto chorava, dessa vez com o coração tomado de tristeza, ligou para seu amigo Fino contando toda a trapaça. Ao vê-la naquele estado, Fino resolveu ir ao seu encontro. A última vez que ele viu a chefe naquela situação foi quando a conheceu em seu bar. A vulnerabilidade de Manuela na verdade acendia em seu coração a chama de uma paixão que nunca pôde ser alimentada, mas que existia e era forte.

O dia amanheceu e Manuela havia passado a noite em uma fazenda da família. Sozinha, não dormiu a noite toda. Havia dispensado os empregados dos serviços e passou a noite bebendo vinhos da adega, que ficava em um porão semelhante aos que tinham nas fazendas no Brasil.

De manhã, ao chegar do Brasil, Fino foi até a casa de Mário e a movimentação era grande. O velho estava sendo levado ao hospital com hipotermia, pois passara a noite fria, descoberto e com um vento gelado batendo em suas costas. Ao ver aquilo, Fino já imaginou ser obra de Manuela, e mais do que depressa, se ofereceu para levá-lo ao hospital. Sabendo da confiança que a patroa tinha no capanga do Brasil, os empregados deixaram.

Na fazenda, Manuela tomava um café bem forte, olhando o orvalho se desfazer na vasta extensão da fazenda. Era a primeira vez que a poderosa bebia tanto e a cabeça estava a ponto de explodir. Não conseguia pensar em nada, até que um dos empregados a chama dizendo que o marido estava sendo internado novamente.

Era como se ela estivesse hipnotizada olhando o vasto território, não conseguindo ter reação. Sabia mais uma vez o que tinha feito e que seu marido não conseguiria resistir. A cabeça entrou em um novo turbilhão, olhou para a xícara de café e desmaiou.

***

Fino havia deixado Mário no hospital e seguiu direto para a fazenda em que estava Manuela, já que os empregados contaram onde ela estava. Ao chegar no local, a poderosa estava ainda deitada em uma cama que os empregados a haviam colocado após o desmaio.

– O que foi que você fez? - sussurrou Fino.

– Do que está falando?

– Seu marido, ué!

– Por favor, Fino, não toque nisso mais!

– Eu sei o quanto o assunto dói, mas tentar matar seu marido? Onde estava com a cabeça?

– Não estava! Ele vai sobreviver.

– Não vai, Manuela! O homem mal podia respirar no caminho para o hospital.

– Então ao menos serei uma viúva pela segunda vez, mas vingada!

– Pelo amor de Deus, não fala bobagem! Agora levanta, você precisa ir ao hospital!

No trajeto para o hospital, o celular de Manuela toca e a notícia que ela esperava, mas não tão cedo, era dada: Mario havia falecido.

Até chegar, a novamente viúva não havia se dado conta do que tinha acontecido. No entanto, quando entrou no quarto e viu sob uma maca o corpo frio e imóvel do marido, a dor da culpa entrou como uma faca em seu peito e a reação foi começar a chorar e a gritar desesperadamente.

– O que foi que eu fiz?

Os enfermeiros logo vieram ao seu encontro e a seguraram, levando-a para uma cadeira. Fino, ao ouvir os gritos, e com medo de que a patroa falasse alguma coisa a mais, entrou no quarto também.

– Calma, senhora! - dizia uma enfermeira.

– É meu marido! O que foi que eu fiz? - repetia chorando

– O que a senhora fez? - perguntava outro enfermeiro.

Fino se aproximou mais para que Manuela a olhasse, com a esperança de que o vendo voltasse a si mesma. Mas ela continuava repetindo a mesma frase, até que Fino interrompeu:

– Pelo amor de Deus, patroa! Tente manter a calma! A senhora não teve culpa!

– Quem é o senhor? - perguntou a enfermeira.

— Sou segurança dela.

— Ela teve de passar a noite fora de casa a negócios. Não queria ir, para ficar cuidando de Sr. Mário, mas ele insistiu que ela fosse. Aí ele dormiu sozinho. Ela vinha me falando no caminho que se tivesse ficado em casa nada disso teria acontecido.

— Sim, os funcionários disseram que ele estava sozinho - respondeu outra enfermeira, voltando para Manuela - Tente ficar calma, por favor.

Manuela levantou, olhou para os enfermeiros, agradeceu e se retirou do quarto andando devagar e se sustentando no braço de Fino. Foram para um lugar mais reservado, até que ela conseguisse se acalmar.

— Tente se recompor - disse Fino trazendo um copo de água.

— Eu surtei, obrigado por ter me tirado dessa. Quase falei demais.

— Você não pode fazer isso, jamais!

— É mais fácil falar. Isso não estava nos meus planos até ontem.

— A nossa vida é assim, cheia de imprevistos. Por favor, muita gente precisa de você.

— Não sei se vou conseguir seguir mais.

— Estou falando que muita gente precisa de você, principalmente no Brasil.

— Você pode tocar, Fino.

— Não sem você. Eu preciso de você!

— Precisa de mim pra quê? Pelo amor de Deus, Fino!

— Pra tudo! Se bobear, até pra respirar...

Manuela olha para Fino. Silêncio. Nunca havia escutado aquilo, seus casamentos sempre foram uma grande mentira. Ouvir aquilo a fez ter vontade de beijar Fino. Ele já estava bem perto de seu rosto. Sentiam um a respiração do outro em seus rostos. Ela recuou. Não era momento, um velório vinha em breve.

A família de Mário começava a chegar para as últimas homenagens ao empresário, seu filho Paolo estava a caminho vindo do Brasil de jatinho e os demais filhos, que nem sequer visitavam o pai, já estavam à espera do velório acontecer, sendo servidos na sala de estar.

Quando Manuela e Fino chegaram em casa as pessoas cumprimentaram a viúva, embora os filhos de Mário já não gostassem da madrasta. Eram sexistas e xenófobos. Após o enterro de Mário Pocollini, os filhos distantes fizeram questão de dizer que fariam de tudo para que mesmo tendo ela aberto mão de bens materiais, nada ficasse, nem que fosse em testamento, para ela. Paolo queria brigar na hora, mas Manuela apaziguou dizendo que não brigaria por nada que não fosse dela.

O fato é que após a chegada de Manuela na família a riqueza deles mais que dobrou, embora já fossem muito ricos. Logo, quando Mário e Manuela se casaram, todos gostaram dela achando que seria uma simples administradora do lar. Mas se revoltaram quando viram que era uma mulher que fazia e acontecia.

Paolo estava triste, mas sua madrasta esperava que ficasse mais arrasado com a perda do pai:

– Você está bem? Processando tudo ainda, né? - perguntou Manuela

– Meu pai já tinha uma certa idade. Era esperado que a qualquer hora isso acontecesse.

– Filho, quer me falar alguma coisa?

– Sabe o que é? Com a ida de meu pai, vai embora também boa parte do peso das minhas costas de querer agradá-lo. Ele me maltratava muito. Não com agressão física, mas com palavras. Sabia que eu era o filho mais coração mole.

– Eu sei o que é viver para agradar um pai turrão, mas não pense isso neste momento. Tente focar nas coisas boas que passaram juntos.

– Foram tão poucas - respondeu levantando e abrindo a camisa, para mostrar um corte em seu ombro.

– O que é isso?

— O único dia que me tratou com carinho de verdade. Levei este corte no lugar dele quando uma faca grande caiu de um prego no celeiro da fazenda. Empurrei ele e a faca me cortou. Ele agradeceu, me tratou tão bem me dizendo várias vezes que me dava valor pois literalmente eu havia levado uma facada em seu lugar.

— Seu pai te amava, Paolo - respondeu Manuela, beijando sua testa e saindo do quarto.

O que se passou na cabeça de Manuela nem ela sabia, mas após ouvir aquela história se arrependeu de ter negado o beijo em Fino. Talvez porque havia percebido que Mário não amava ninguém e que provavelmente morreu sem conhecer o amor.

***

O dia amanheceu. Em um país distante do seu, Manuela mais uma vez era viúva. A diferença? Agora era milionária. Uma realidade muito diferente de quando ficou viúva pela primeira vez.

A casa de Mário era gigante, uma das propriedades que Manuela menos gostava. Tinha um ar meio de mistério. Um ambiente pesado. Ao sair do quarto em que dormia, se levantou e fitou o olhar diretamente para o lugar em que o falecido costumava dormir. Tinha passado a noite à base de remédio, já que não conseguiria dormir depois da última vez que esteve ali, na fatídica noite em que matou o marido.

O relógio marcava seis e meia da manhã. Sabia que na casa estariam acordados somente os empregados na cozinha. Levantou-se se envolvendo em um roupão que estava à beira da cama e foi até a cozinha.

O café estava pronto na varanda da casa, como Mário gostava de tomar todas as manhãs. Sentou-se e com uma xícara de café começou a chorar discretamente. Em sua cabeça passava o quanto tinha se transformado e em como aquela família de seu marido não merecia um centavo do dinheiro de Mário. Um bando de vagabundos que gostavam mesmo era de viver às custas do velho. A exceção era Paolo. Durante o velório, uma tia de Mário havia contado a ela que os filhos viviam falindo os negócios e voltavam a desfrutar do dinheiro do pai. E agora tudo aquilo seria destruído pelos mesmos.

– Bom dia, patroa! - Fino interrompeu os pensamentos.

– Bom dia, Fino!

– Dormiu bem?

– Nada como um bom remédio, não é?

– Precisamos falar de negócios.

– Me deixa ao menos me vestir de forma decente. Estou de camisola e um roupão, afinal.

– Poderia estar até nua. Está em sua casa.

– Essa não é minha casa - disse levantando.

– Eu aposto que sim.

– Fino, me responde uma coisa.

– Quantas quiser, Manuela!

Seguiram andando para o interior da casa.

– No hospital, você quase me beijou. Por quê?

– Foi um momento de tensão. Acho que estávamos meio fora de nós mesmos.

– Mas não me pediu desculpas...

– Me perdoe, eu não tive a intenção...

Chegaram ao pé da escada que dava acesso aos quartos.

– Eu não falei para me pedir desculpas, senhor! - disse subindo uma perna ao primeiro degrau.

Fino a olhava atentamente. Colocou a mão na cintura de Manuela.

– Suba e se troque, patroa. Te espero no escritório do ...

Manuela sobe o outro pé e dirige a mão à boca de Fino, se aproximando.

– Não fale o nome dele.

Fino se mantém imóvel. Sente a respiração de Manuela e vai se aproximando aos poucos dos lábios dela.

— Melhor você subir, patroa! - sussurra.

— Não sei se quero - retribui o sussurro.

Manuela, muito travada, se rende ao beijo de Fino. Um beijo rápido e tenso. Eles se olham. Fino coloca a mão na cintura dela:

— Calma! O pessoal acorda tarde.

Voltam a se beijar. Manuela nunca teve uma relação sexual que lhe despertasse o real prazer carinhoso. Seu primeiro marido era um bruto. O segundo pouco gostava de transar e o episódio do estrupo tornava tudo muito difícil.

Fino sabia disso e aliado a uma paixão platônica que sentia pela patroa, resolveu se entregar também ali mesmo na escada. Tirou bem devagar o roupão de Manuela, beijando seu pescoço, passando a mão em cada curva de seu corpo. Manuela era linda de rosto e de corpo. Ele mesmo tirou a própria camiseta, e pegando a mão dela, a passou por seu peito. Voltaram a se beijar. Manuela Totalmente nua à beira da escada e ele somente com as calças arriadas até os pés. Fino puxou a patroa para o tapete em frente a suntuosa escada e a fez sentar sobre ele.

Manuela nunca tinha passado por aquilo. O mix de prazer e carinho. Tesão e calor. Por aqueles segundo ela se sentia independente pela primeira vez. Mesmo sendo uma mulher empoderada e poderosa. O tapete era seu cúmplice em algo que se alguém visse seria motivo de grande escândalo naquela família. Mas não pensava em nada. Era a primeira vez em anos que vivia somente e literalmente o prazer do momento.

No andar de cima todos dormiam e na área de serviço, ninguém se desconcentrava.

No silêncio daquele casarão, sequer um vento se ouvia. Somente os pássaros cantarolavam ao lado de forte e, internamente, o respirar ofegante de ambos reinava. Não havia ninguém nem pessoalmente, e muito menos nos pensamentos de ambos. O momento era eternizado em seus corpos e movimentos.

***

No banheiro da suíte principal da casa, Manuela ainda em êxtase pelo momento que viveu ao pé da escada daquela mansão italiana, sorria e tentava entender o que havia acontecido. Naquele banho demorado e único, o celular tocava sem parar em cima da bancada. O advogado de Mário precisava lhe avisar que na tarde daquele mesmo dia iria fazer a leitura do testamento do empresário, mas que antes precisava trocar algumas palavras com ela.

Ao sair do quarto para tratar dos assuntos com Fino no escritório de Mário, percebeu as inúmeras ligações perdidas, mas o advogado já estava na casa, tomando um café na sacada.

– Me perdoe, Dr. Giovanni. Tive uma noite longa e só agora consegui descer para resolver assuntos.

– Precisava falar contigo sem ser visto pela família, Manuela. Mas agora é tarde, todos já me viram, com exceção de Paolo.

– Mas o que é tão importante para tanto sigilo. Não tenho direito a nada dessa família. Foi assim que me casei. Sem interesses.

– Prepare-se, pois haverá surpresas. Mantenha-se firme como uma rocha. A rocha que sei que você é! Depois lhe explico.

A fofoca tá comendo solta, hein! - interrompeu Paolo rindo e dispersando o doutor.

– Você dormiu, Paolo?

– Um pouco. A noite foi mais longa do que realmente costuma ser.

A conversa é interrompida por um dos filhos de Mário, que grosseiramente chama todos para o escritório.

– Bora ler essa porcaria e ficar um pouco mais rico!

Os irmãos estavam tensos, ainda mais quando viram que os empregados também se dirigiam para o mesmo ambiente.

– Que raios essas criaturas estão fazendo aqui, doutor?

Sergio Valdissera

— Exigência de seu pai! - respondeu.
— Papai surpreendendo até nessas horas.
— Ainda bem que vocês o conheciam bem. Vamos lá, farei a leitura - disse abrindo o envelope com uma única folha.

"Eu, Mário, em minhas plenas faculdades mentais e no uso garantido da lei que rege sobre bens e patrimônios, declaro que a fortuna amealhada durante todos os anos de minha vida ficam divididas da seguinte maneira: Essa casa, bem como os carros que nela se encontram e a fazenda em Toscana, ficam para meus filhos divididas em partes iguais.

Todo o restante das empresas e propriedades, italianas e brasileiras, ficam para minha esposa que me acompanhou durante os últimos anos de minha vida, Manuela Ramos. Os investimentos bancários ficam destinados a serem investidos na busca de meu enteado, o filho desaparecido de Manuela, além de um valor que ela mesmo entender por bem oferecer todos os funcionários desta casa. Sem mais direitos a contestar!"

O silêncio reinou no ambiente e todos foram saindo um por um, até ficarem Manuela e o advogado. A viúva estava paralisada e em choque, até que o último a sair bateu com muita força a porta:

— O que foi isso? - questionou Manuela.
— E tem mais, Manuela, o comando dos negócios paralelos você deve assumir também.
— As drogas no Brasil?
— E as armas aqui na Itália.
— Armas?
— Tráfico de armas, sim. O que mais deu dinheiro ao seu marido. Eu fui contra. Disse que era algo pesado para você.
— Por favor, doutor. Não há nada pesado para mim!
— Ele disse que você falaria isso.
— Doutor, esse dinheiro para encontrar meu filho, como é isso? Sei que ele mesmo boicotava as minhas buscas.

– Ele queria mudar isso, mas morreu antes. Tínhamos marcado para daqui uma semana essa alteração no testamento, quando ele percebeu que sua prioridade era o garoto. Ele disse que tinha medo de que você encontrando seu filho fosse desfocar e o abandonar.

– Mário foi um grande canalha! - disse levantando e se dirigindo à porta.

– A partir de hoje, não venho mais a essa casa - continuou o advogado - me procure em meu escritório.

Manuela só o olhou e saiu.

Ao subir ao quarto, Fino estava na porta.

– O que está fazendo aí plantado?

– Você sabe que oficialmente está na casa das cobras.

– Eles até que se comportaram.

– Estão todos na sala, cada um falando com seus advogados.

– Típico, não?

– Arrume suas coisas. Você tem uma casa daqui uns quilômetros.

– Eu tenho?

– Sim, Sr. Mário deixou uns presentes pra você lá.

– Lá vem você! Armas?

– Vejo que o Dr. Giovanni já lhe inteirou, né?

– Tive que fazer cara de surpresa, para variar.

– Me faz um favor, Fino. Preciso de uma van.

– O que vai fazer?

– Só me traga. Te espero no carro.

– Fino saiu e, na sequência, uma das funcionárias estava à porta esperando para falar com Manuela.

– Entra, Dolores. Preciso de você.

– Acho que eles vão nos despedir, dona Manuela.

— Tá vendo essas minhas roupas? Desce tudo para meu carro, por favor. E não se preocupa com eles que eu mesmo tô demitindo vocês dessa casa.

— Como assim, senhora Manuela?

— Fica em paz, quando descer minhas coisas, chama todos os funcionários para a frente do meu carro. De preferência, cada um com suas coisas. Mas não fale nada para nenhum deles.

Manuela saiu do quarto. Ela gostava de poucas roupas daquela casa. Suas malas não seriam muitas. Ao descer as escadas estavam os irmãos todos em cima do tapete que ficava ao pé da escada.

— Isso será um pedido de retirada, senhores?

— Se quiser ficar, será sempre muito bem querida! - respondeu o mais velho.

— Acham mesmo que eu acredito nessa conversa?

— Sabe que isso não é justo, Manuela - disse a filha.

— O que é justo para você? Ver o pai uma vez ao ano?

— Por favor, seja razoável. Nos dê ao menos os investimentos.

— Que são destinados aos funcionários? Mas nem morta!

— As empresas, então - sugeriu o irmão.

— O que você acha, Paolo?

— Por mim essa fortuna está em boas mãos como meu pai destinou.

— Você não pode ser filho da mesma mãe desses seus irmãos, Paolo. É mesmo incrível! Mas vou fazer um favor pra vocês.

Alegres, todos se olharam simultaneamente. E já na porta de saída da casa, com todos atrás de Manuela, ela continuou:

— Como sei que vocês detestam a fazenda na Toscana, vou comprar de vocês a um valor bem acima do de mercado. Alias, tem mais um favor, os funcionários a partir de hoje são meus. Todos virão comigo hoje mesmo! E como estou muito caridosa não volto mais a essa casa e se sobrar alguma roupa minha, pode ficar para a irmã de vocês. Quem sabe ela aprende a se vestir melhor.

Ao chegarem ao carro, os funcionários estavam todos esperando por Manuela, juntamente com Fino e uma van.

– Maravilhosos, entrem na van! Vocês são meus a partir de hoje!

Todos começaram a colocar as coisas na van. Surpreso, Fino sorria ao volante e os irmãos começaram a reclamar e a xingar Manuela, que parou em frente ao seu carro observando o desespero deles.

– Você não pode fazer isso! Sua maluca! Deixa ao menos um funcionário para cuidar da casa até vermos o que vamos fazer - disse o mais velho.

– Não foi você quem disse pela manhã que iria ficar mais rico? Sinal que já está muito bem!

Paolo ria horrores:

– Eu estou amando, Manu! - gritou da porta. Lá dentro estavam todos planejando como te derrubar e ficar com a fortuna.

– Eu sei, Paolo, mas vou fazer mais um favor para eles. Você pode me trazer o tapete da escada? Fica algo a menos para eles limparem. - disse olhando para Fino.

– Claro, Manu!

– Aproveita e vem comigo que o Brasil também nos espera!

Paolo saiu carregando o tapete da escada, e entrou no carro dela. Saíram em direção à casa em que ficavam escondidas as armas.

***

Já era noite quando a casa em que tinham ido estava sendo limpa e arrumada. Manuela estava sentada em uma cadeira de balanço bebendo uma taça de vinho. Fino chega e se senta junto dela no chão:

— Lembra que mais cedo, antes da bagunça do testamento, você tinha dito que precisávamos falar sobre negócios?

— Não pode ser amanhã?

— Não! Eu até ia deixar, mas recebi um telefonema do Brasil.

— O que houve por lá?

Fino se levanta e vai ver se tem alguém ao redor.

— Você está me assustando, Fino!

— As pessoas da comunidade lá souberam da morte de Mário.

— E o que isso tem a ver?

— Eles acreditam que Mário comandava tudo.

— Continue...

— Ameaçaram hoje mais cedo que tomariam conta. Mas como foram embora, achei que era só um aviso. Você está muito tempo fora de lá.

— E eu te mantive lá pra quê, Fino?

— Estou aqui, Manuela!

— Você não tem ninguém de confiança lá?

— Tenho sim, mas perceberam o vácuo e entraram hoje.

— O quê? - disse se levantando.

— Acho que perdemos território. Para eles o "Ramos" era codinome do Mário.

— Perdemos nada, não! Amanhã embarcamos.

— A comunidade está desolada. Houve tiroteio. Acabaram ferindo duas crianças. Por isso que disse que perdemos.

— Como estão essas crianças?

— Uma não resistiu. A outra está em estado grave.

— Prepara o jatinho!

— Está maluca?

— Você tem homens de confiança lá ainda?

– Tenho sim! Como acha que fiquei sabendo? Estão forçados a serem deles.

– Ótimo! Avisem que chegaremos em breve, para estarem com a gente!

Manuela se levantou furiosa e foi para o interior da casa. Fino, meio contrariado, pegou o telefone e foi preparar a viagem. Ao entrar no quarto, Paolo apareceu atrás dela:

– Manuela!

– Oi, Paolo. Vou ter que viajar, você cuida de tudo, por favor?

– Me desculpa, mas se meu pai não mandava naquele morro, quem é?

– Você ouviu a conversa?

– Me desculpa! Não teve como evitar.

– Aquilo é meu!

– Me deixa ir com vocês? Posso ajudar! Sei dos negócios do meu pai lá.

Manuela fez silêncio. Olhou bem para ele e concordou, com a condição de que nessa operação ele não se envolvesse tanto.

Fino não gostou muito da ideia de Paolo ir junto, mas no caminho para o aeroporto percebeu que era voto vencido e que não convenceria a patroa a mudar de ideia.

***

Ao desembarcarem no Brasil, Manuela, que não havia levado bagagem alguma, foi direto para a loja de carros de Mário, que agora lhe pertencia. Lá traçou um plano com Fino. Orientou para que durante a subida do morro, na parte de baixo, ficassem todos os homens de confiança dele.

– Manuela, isso é arriscado demais!

– Você vai fazer as vezes do "Ramos" e vamos mais do que retomar; vamos fazer justiça por essas crianças.

— Essa é sua chance de cair fora desse mundo. Você é milionária e pode tocar os negócios do Mário...

— Chega, Fino! — gritou. - Eu já tomei aquela porcaria e vou tomar de novo!

— Dessa vez é diferente! O chefe tinha morrido, havia um vácuo! Dessa vez eles estão já lá na sala do comando.

— Fino, chama mais dois dos seus homens para subir com a gente! Enquanto isso me arrumo!

Fino combinava tudo, Manuela entrou na sala de administração da loja de carros, que estava sem funcionários devido ao tiroteio do dia passado, abriu um armário atrás de uma parede, pegou um vestido justo preto e vestiu. Se maquiou divinamente, calçou um salto alto preto também, passou um forte e cheiroso perfume, creme nas mãos e braços, sacudiu o cabelo e posicionou os óculos escuros sobre a cabeça. Pegou uma bolsa mediana e saiu para encontrar os rapazes.

Não havia quem não conseguisse olhar o mulherão que ela estava. Pediu para os capangas fossem à sua frente enquanto ela subia sozinha logo atrás deles. Subindo bem no meio do caminho em passos quase que de desfile, piscava para alguns conhecidos.

Toda aquela barreira humana, com homens armados posicionados de um e de outro lado, olhava para ela. Após passar pelos homens de Fino, colocou seus óculos escuros no rosto e continuou subindo até a sala do controle.

Fino adentrou a sala repleta de homens armados que faziam a segurança de Caveira, um jovem traficante, muito bonito, quase que inteiramente tatuado. Manuela ficou parada na porta de entrada. Fino se adiantou:

— Caveira, sou Ramos!

— Ramos não era o velho? Vem com essa conversa pra cima de mim, não - disse se virando para a porta procurando o cheiro de perfume - Que beldade é essa, hein?

— A esposa do falecido.

– O velho tinha bom gosto - disse indo até a porta beijar a mão de Manuela.

– Venho fazer um trato contigo. Essa beldade, por agora, em troca só do carregamento que está no depósito.

– Sou casado, meu chapa!

– E quem disse em casamento? - respondeu Manuela, tirando os óculos.

– Divertimento enquanto a gente pega o carregamento - concluiu Fino.

– Proposta tentadora - respondeu Caveira.

Manuela se aproximou de Caveira com movimentos sensuais. Abriu a bolsa, tirando uma algema e um chicote.

– Adoro a ousadia! Saiam daqui! - disse Caveira quase que enfeitiçado.

– Chefe, não podemos deixar você sozinho - disse um capanga de Caveira.

– Vai querer me ver transar, porra?

O capanga chega ao ouvido do traficante e avisa em voz baixa que a criança internada não havia resistido. Manuela consegue ouvir.

– Que se exploda! Não tenho nada a ver com esses pivetes. Leva o capanga do velho no depósito e me deixem com essa gostosa aqui! Podem ir que além de não estar armada essa delicadeza não consegue matar nem uma barata. Vem com o papai, vem!

Manuela, já tomada pela fúria da informação da segunda criança morta, tira os sapatos e empurra o traficante de volta na cadeira, como quem está iniciando uma intimidade. Tira a camiseta dele, e em seguida abre o cinto o chamando para o sofá encostado na lateral.

Caveira já tira a calça e vai ao encontro dela.

A poderosa coloca nele as algemas e o deita no sofá. Com o chicote, amarra as pernas dele, que estranha. Mas como ela já acaricia suas partes íntimas, ele elogia a ousadia.

Ela se levanta e vira de costas para ele para abrir o vestido. Quando o zíper chega próximo ao seu quadril, ela se vira de frente, para pegar a pequena arma que escondia dentro do bojo da peça íntima na parte de trás. Era uma arma da coleção de Mário, feita sob encomenda.

– Essa arma de brinquedo aí não funciona? - disse rindo.

– É pelas crianças que você matou! - respondeu com a arma na boca dele. - E também por esse lugar que é meu! Quero que saiba: o Ramos sou eu.

Manuela tira a arma da boca dele e antes que pudesse gritar, desfere dois tiros em seu peito.

Com os tiros, os capangas entram na sala, porém, como durante o 'teatro' de Manuela com o Caveira, Fino havia avisado para os seus homens subirem, e eles foram os primeiros a entrar na sala, já cuidando de dar cobertura para a patroa.

Manuela pediu para pegarem o corpo de Caveira, o vestirem e, mais do que depressa, se retirarem de sua área, descendo todos pelo mesmo morro que ela subiu.

***

Depois desses episódios, Manuela preferiu ficar um tempo no Brasil, para apaziguar a situação e marcar território de seu domínio. A essa altura, ficava cada vez mais difícil esconder que era ela quem comandava a área. A comunidade e as redondezas passaram a repercutir que Ramos tinha feito justiça pelas duas crianças mortas na cidade.

Alguns falavam que era boato, outros já tinham certeza de que se tratava de uma mulher, já que toda vez que Manuela aparecia pela região algum assunto era resolvido.

Passados sete dias da morte dos meninos, Manuela decidiu participar da missa. Há anos que ela não sabia o que era uma missa e a sua relação com o mosteiro era simplesmente para os negócios.

A igreja do mosteiro estava lotada de gente. A comoção havia tomado conta. Na celebração, Manuela chorou várias vezes, mas não contava que muitos passariam a cumprimentá-la na igreja e nas ruas.

Manuela teve um dia praticamente de celebridade. Para alguns era a viúva da loja de carros, para outros era a Ramos. Paolo acabou se tornando mais um fiel escudeiro da poderosa, ajudando-a também nos negócios honestos e paralelos.

– Manuela, acho que está na hora de você ficar uns dias na Itália - disse Fino na saída da igreja do mosteiro.

– Está com ciúmes da minha fama?

– Jamais! Só zelo pela sua segurança.

– Ainda não estou muito confiante com os últimos invasores.

– Só os coloquei para correr daqui. Eles que cuidem de suas áreas, oras! Aliás, isso não é assunto para a porta da igreja.

Quando terminavam a conversa, o padre veio ao encontro de Manuela no carro:

– Minha filha, vais voltar para a Itália?

– Não pretendo agora, padre!

– Você é uma boa mulher! Preserve sua segurança!

– O senhor está sabendo de algo que queira me falar?

– Já andaram rondando perguntando por você.

– Aqui no mosteiro?

– Não, pela vila.

A conversa foi interrompida por uma acelerada forte de um carro, que, na porta da igreja, disparou dois tiros, derrubando Paolo e Manuela. Muita gritaria e correria se fez. Fino saiu depressa de dentro do carro e tentou socorrer a patroa, que com a mão na barriga e caída no chão, olhou para o capanga e antes de apagar, perguntou por Paolo.

***

Quando Manuela acordou, estava na maca de um novo e sofisticado hospital da cidade.

Acordava depois de uma cirurgia para a retirada da bala que, embora em posição crítica, não havia sido fatal e nem lhe deixaria sequelas.

Aos poucos foi abrindo os olhos, a visão turva e o barulho de alguns equipamentos da UTI não permitiam que conseguisse reconhecer onde estava. Ao seu lado, dormindo em uma cadeira, estava Fino, que não desgrudou da maca na ambulância que levou a patroa da porta da igreja para o hospital, e na sequência havia ficado na recepção durante a cirurgia até o estado crítico ser afastado do quadro clínico dela, quando negociou com o médico para ficar em uma cadeira sentado próximo de onde Manuela estava.

Com dificuldade, e já acordada, mas ainda sem entender muito, Manuela chama por seu filho em voz baixa:

— Breno... Breno... Breno?

Fino desperta, achando que está sonhando e ao ver Manuela acordada, se levanta e encosta na maca:

— Manuela?

— Fino? Onde estou? - falando baixinho e fraca.

— Está no hospital. A patroa tomou um tiro. Não se lembra?

— Não... - respondeu tentando entender.

— Estou bem?

— Eu que te pergunto, patroa!

— Não me lembro de nada. Estávamos na missa e... Só me lembro disso.

— Pois, bem! Na porta, ao sair antes de entrar no carro, você e Paolo foram atingidos por um cara, dentro de um carro.

— Onde está o Paolo?

— A situação dele foi mais simples. A bala acertou o braço. Ele foi para casa no dia seguinte.

— Quanto tempo estou aqui?

– Quatro dias.
– E você ficou aqui tudo isso?
– Sim, fui para casa somente trazer uma sacola de roupas.
– Ficou no hospital?
– Negociei com o médico e com a direção do hospital.
– Já descobriu quem foi?
– Não exatamente. Mas desconfiamos de Caveira.
– Filho no lugar dele?
– Sério que você quer se preocupar com isso de uma maca da UTI? - disse se aproximando da maca
– Tem razão, melhor descansar.
– Você ainda está fraca. Acordou algumas vezes, mas sem nenhuma resposta por conta da sedação.
– Obrigado por ficar aqui comigo - disse Manuela numa tentativa de pegar na mão de Fino, que se aproxima e a segura.
– Você é tudo o que eu tenho - respondeu baixando a cabeça.
– Não abaixe a cabeça. Estou aqui. Para o que der e vier - apertou de leve a mão.
– Tive medo de te perder, embora não deveria.
– E por que "não deveria"?
– A gente só perde o que tem.
Manuela fica um instante em silêncio olhando para Fino.
– E quem disse que você não me tem?
– Você entendeu o "ter" que quero dizer.
– Somos tão perfeitos agindo juntos.
– Já sei! Vai dizer que qualquer coisa mais do que já vivemos, estragaria tudo.
– Não, ia dizer que seríamos mais que perfeitos e fossemos um do outro.
Fino a olha bem profundamente.
– Esse olhar eu nunca recebi de homem algum!

— Te olho do mesmo jeito desde o primeiro dia que te vi. No meu bar.

— Minha sede de ser quem sou hoje, nunca me permitiu ver até aquele dia na escada da mansão.

Ambos riem suavemente. Fino já está bem próximo de seu rosto. Manuela fecha os olhos.

— Você está em um hospital - diz sorrindo e se aproximando os lábios de seus lábios

— E na UTI, ainda por cima — responde.

— Fragilizada. Com dor.

— Mas mais viva do que nunca!

Um ar de sorriso de ambos dá suporte para um beijo lento e cuidadoso de ambos.

— Atrapalho os pombinhos? - o médico interrompe o momento.

Fino se distancia rapidamente.

— Vejo que nossa doentinha acordou de fato - continua o médico.

Manuela não abre os olhos rapidamente após a entrada do médico. Quando olha para o doutor, fica sem palavras. Aquela voz lhe causa um tremor por dentro.

Os batimentos aceleram dois pontos, o que não aconteceu nem no beijo. Ao olhar para o rosto do doutor, fica paralisada.

— Dona Manuela, tudo bem com a senhora? — pergunta o médico.

A pressão começa a baixar e também os batimentos. Manuela continua olhando para o médico e com a vista turva novamente enxerga no rosto do doutor o rosto de Breno que tem em sua lembrança. Tenta falar alguma coisa, mas desmaia.

O médico, doutor Nicholas, mais do que depressa, pede para Fino se retirar e começa os procedimentos para entender o que aconteceu.

★★★

— Ela já pode ir para o quarto quando acordar, senhor Fino - disse o médico ao retornar para a recepção.

– O que aconteceu, doutor?

– Uma queda repentina de pressão. Normal para quem voltou da sedação total agora. Ainda mais com uns beijinhos, né? - respondeu sorrindo.

– Me desculpe, doutor! Ela ficará bem, né?

– Não ficará. Ela já está bem! Ela demorou para sair do efeito anestésico por causa da alta quantidade durante a cirurgia. É normal no organismo. Cada paciente reage de uma forma.

– O senhor fez a cirurgia?

– Sim, fui o responsável por operá-la. Ela é durona na queda. Mas já está recuperada. Acredito que amanhã já deve ter alta. Cuide de que ela faça repouso e as sessões de fisioterapia de praxe. Depois pode voltar ao trabalho. Outro médico irá assinar a alta amanhã, pois viajo hoje.

– Obrigado, doutor!

– Ah, depois lembre a enfermeira de entregar a peruca para a paciente. Precisei pedir para retirar.

Enquanto se despediam, a enfermeira se aproxima e entrega uma sacola para Fino.

– Sabia que ela era o Ramos - disse sussurrando.

– O quê? - fingiu Fino

– Não se preocupe. Sou moradora da comunidade. Lá ela é rainha!

– Não sei do que está falando.

A enfermeira se vira enquanto Fino volta à recepção. Ao se sentar, esperando que lhe digam o quarto em que a patroa ficará, vê entrando pela recepção o pai de Caveira.

Fino já sabe que quem assumiu o lugar do filho foi o pai, com desejo de vingar a morte do rival de Manuela.

Fino se desespera e se aproxima do balcão de recepção para tentar ouvir a fala do velho. Mas não tem sucesso. Se aproximar demais o velho certamente reconhecerá. Na porta do hospital, homens do novo traficante. Então Fino vê uma enfermeira vindo para o balcão e antes que pudesse se aproximar vai até ela:

— Pode me dar uma informação?

— O que o senhor deseja?

— Preciso saber o quarto em que Manuela Ramos está sendo transferida.

— Vou verificar para o senhor, embora ainda não deva ter a informação.

Fino já está suando frio de preocupação, quando vê a enfermeira que lhe entregou a peruca saindo do banheiro. Vai até ela e a puxa novamente para o banheiro.

— O senhor enlouqueceu? Não vou dizer nada.

— Fica quieta! Preciso de sua ajuda. Qual quarto levaram Manuela?

— Não me lembro de cabeça.

— Me leva lá. É questão de segurança da sua rainha.

Ambos saem do banheiro. O velho ainda está no balcão.

— Seria muito se lhe perguntasse o que está havendo?

— Quanto menos souber, melhor!

— Ela corre perigo?

— Preciso tirar ela daqui urgente!

— Minha nossa! Aí não posso ajudar.

— Se ela permanecer aqui, vão matá-la!

— Aqui é seguro, senhor!

— Nesse nosso meio não existe segurança!

Chegam ao quarto.

— Manuela, precisamos sair daqui!

— Só saio amanhã, segundo o enfermeiro.

— Mudança de planos, você corre perigo!

— Fugir, jamais!

O LADO DEMÔNIA

– Deixa te explicar, o pai de Caveira assumiu o lugar dele.
– E?
– E está aqui no hospital!
– Eu posso checar o que ele veio fazer aqui - interrompe a enfermeira.
– Quem é ela? - perguntou Manuela.
– Vai, então! - disse Fino.
– Volta! - insiste Manuela
– Eu te explico depois. Ela é sua súdita! Vaaai!
A enfermeira sai.
– Você enlouqueceu? - pergunta Manuela.
– Ela te reconheceu. E agora aqui não tenho ninguém, então aproveitei a deixa para ela me ajudar. Senão não saberia nem que quarto você estava antes do velho.
– Detesto chamar atenção ou demonstrar fraqueza.
– Você precisa deixar o orgulho de lado. Não vai mais poder andar sem reforço.
– E você é o quê?
– Uma pessoa só, Manuela! Precisa de mais gente, ou a qualquer hora vamos morrer!
– Não seria má ideia eu ir embora mesmo!
– Cala essa maldita boca!
– O velho veio visitar a senhora Flaviana - interrompeu a enfermeira.
– Eu não falei? - retrucou Fino.
– Pois que venha! Daqui só saio com alta médica.
– A recepção disse que ele está subindo.
Fino retira a arma da cintura e se senta na cadeira.
– Guarda isso, Fino! Ele não vai me matar aqui dentro.
– Você não conhece uma revanche do tráfico ainda.
– Enfermeira, qual seu nome? - perguntou Manuela
– Eliete, senhora!

– Eliete, eu vou ao banheiro lá de fora, no corredor, você me leva?

– Sim, senhora!

– Fino, vai na frente e me espera na porta. Deixa que ele veja sua arma na cintura. Eliete vai atrás de mim, tipo segurando minha cintura. Vou aparentar estar em estado pior para andar do que realmente estou. Vamos!

Eliete olha para Fino, que faz sim com a cabeça. Manuela se levanta e aparentando muita dificuldade de andar, vai para a porta. Eliete vem logo atrás. E Fino já estava ao lado de fora da porta.

Eliete e Manuela saem do quarto e vão caminhando para o banheiro. Em sua direção vem vindo o velho.

– Converse comigo - sussurra Manuela para Eliete.

– A senhora vai se recuperar, se Deus quiser!

– Nada como o poder da oração, né, minha querida?

– Orando, tudo melhora! - interrompe o velho já bem perto.

– Oi! Como você está? - responde Manuela.

– Vou bem, Flaviana! - respondeu o velho.

– Não muito, né? Vejo que está ruim para caminhar!

– Tá difícil! Mas tudo se recupera! Eu estou até com a cabeça ainda meio ruim. Espero não ficar esquecida. Esqueço o nome até do meu segurança. O seu é?

– Velho! Sou o velho, pai do Caveira! Tá lembrada?

– Ah, sim! O Caveira... Ele me ajudou tanto!

– Inclusive se ele estivesse vivo, já teria pego quem me deu um tiro. Ele nem gostava de pensar que alguém tocasse em mim.

– Pois, é! Por isso vim te ver!

– Se o senhor me dá licença, eu tô apertada, preciso ir ao banheiro. Obrigado pela visita! Beijo na sua esposa.

Velho, que não entendia muito bem como funcionava tudo ainda, ficou crente que Manuela estava muito pior que o esperado e foi embora.

Ao voltar para o quarto, Manuela agradeceu a Eliete, prometendo que em breve lhe recompensaria pela ajuda.

– Fino, o filho da puta vai voltar. Precisamos sair daqui hoje! Aquele médico está por aí?

– Ele foi embora, me disse que iria viajar e que até sua alta seria outro médico que assinaria.

– O doutor Nicholas? Ele ainda está no hospital sim, deve sair ao final da noite. Por certo disse que não assinaria sua alta imaginando ser amanhã -interrompeu Eliete.

– O que está pensando, Fino? - perguntou Manuela

– Chamei o velho de velho e o apelido do peste é velho mesmo! - respondeu Fino.

– Ele deu esse nome na recepção - sorriu Eliete.

– O Velho não sabe de nada desse ramo ainda - completou Manuela. - Vai tentar chamar o médico, por favor!

A enfermeira sai e Fino começa a arrumar as roupas de Manuela. Antes de saírem, alguém bate na porta. O capanga saca a arma e a esconde atrás do corpo.

– Vim ver mamãe! - grita Paolo abrindo a porta e adentrando.

– Ai, Paolo, que alívio te ver - respondeu Manuela.

– Eu que tô feliz! Mas por que vocês estão se arrumando?

– Questão de segurança - responde Fino.

– Tô vendo mesmo! Me recebeu no gatilho!

– Caveira tem um substituto - responde Manuela.

– O pai dele, né? Eu vim falar justamente isso....

– Pois é! Ele esteve aqui! - interrompeu Fino.

– Como é? - Paolo alterado.

– Calma! De certa forma o despistamos - respondeu Manuela - e por isso vamos embora hoje.

— Mas o Velho não sabe ligar pontos nenhum nesse ramo - insiste Paolo.
— Mas tem quem o faça entender - responde Fino.
— Vou matá-lo! - responde saindo do quarto.
— Paolo! Volta aqui! - se altera Manuela.
— Agora, agora, vou só ao banheiro, mamãe - ri.
— Essa criatura enlouquece qualquer um - disse Fino.
— Não seja maldoso.

A conversa é interrompida com a entrada do médico e de Eliete.

— O que está acontecendo aqui? — indaga doutor Nicholas.

Manuela, ao olhar novamente para o médico, fica com as pernas bambas e se senta. Empalidece.

— Precisamos que o senhor assine a alta dela hoje, doutor - responde Fino.
— Gente, vocês têm noção do que estão me pedindo. Olha pra ela. Está até pálida. Passou mal hoje antes de vir pra cá. Lamento, mas não!
— Por favor, doutor - pede Manuela com uma voz de choro segurado. - Estou muito bem. Já andei até no corredor. Sua enfermeira viu.
— Afira a pressão dela, Eliete - recomenda o médico
— Ela vai seguir o repouso, doutor - insiste Fino.
— A questão não é essa. As coisas exigem cuidado.
— Jamais prejudicaríamos o senhor!
— Mas o que estão me pedindo, por si só, já é prejudicial.
— 10x7 - fala Eliete
— Sua pressão está baixando de novo.
— Vou lhe falar a verdade, doutor. Acho que por conta da anestesia, mais cedo na UTI, olhei pro senhor e vi meu filho.
— Breno? - respondeu o doutor.
— Sim, como o senhor sabe?

– Você o chamou algumas vezes antes e depois da cirurgia. O seu filho morreu?

Antes que Manuela respondesse, Paolo volta para o quarto. Ao abrir a porta, todos, inclusive o médico, olham em direção a ele para ver quem é.

– Nicholas? - pergunta Paolo ao ver o médico.

– Vocês se conhecem? - pergunta Manuela.

– Sim, nos conhecemos! - respondem os dois juntos, se olhando por um tempo.

– Doutor, eu posso pegar a ficha de alta? - interrompe Eliete.

– Não! - responde Nicholas - não darei alta até amanhã.

– Nicholas, por favor - indaga Paolo - é uma questão de segurança.

O médico, mais uma vez, olha para Paolo. Os olhos brilham. Abaixa a cabeça. Respira fundo:

– Pode ir preparando, Eliete. Se cuide, dona Manuela. Faça repouso e qualquer coisa, volte ao hospital. Foi uma honra fazer sua cirurgia - diz a cumprimentando com um aperto de mãos.

O médico se vira, olha novamente para Paolo e sai do quarto. Manuela, com uma sensação estranha, deixa as lágrimas rolarem em seu rosto.

※※※

Ao ver Nicholas sair do quarto, Paolo espera uns segundos e sai atrás. No balcão do andar da clínica médica, enquanto o médico assina os papéis da alta, Paolo se aproxima:

– O doutor está no Brasil há quanto tempo?

– Vim para ajudar um amigo na instalação deste hospital. Por quê?

– Nada. Só curiosidade. Não esperava vê-lo por aqui.

– Muito menos eu encontrar você - responde o médico, se retirando.
– Estou aqui tem uns meses, ajudando a sua paciente - insistiu, indo atrás.
– Que bom - seguiu andando.
– Ei! Ah, qual é? - disse Paolo segurando o braço de Nicholas o fazendo parar. - Não consegue conversar?
– O que quer que eu fale? Estou cheio de trabalho, afinal amanhã volto à Itália.
– Poderia ao menos me tratar bem!
– Não estou te tratando mal, fiz até o que você pediu pra sua amiga lá no quarto.
– Ela não é minha amiga! É minha madrasta.
– Sinal que o Senhor Mário já atacou novamente! Ao menos dessa vez teve bom gosto. Dê os parabéns a ele pela bela mulher! - chamando o elevador.
– Meu pai está morto, Nicholas!
Um silêncio. Doutor Nicholas o olha nos olhos.
– Sinto muito! Vem, vamos tomar um rápido café lá na administração.
– Obrigado por ajudá-la. Ela é uma boa mulher!
– Tem jeito de ser mesmo! Tive dó quando ela chamava o filho em momentos de dor. O filho morreu?
– Na verdade, não! Está desaparecido.
– Nossa, há muito tempo?
– Anos...
– Então não se sabe se ele está vivo. Aliás, dificilmente estará.
– Ela crê com muita convicção de que está vivo. Banca buscas desde sempre.
– Sente-se - indica Nicholas ao adentrarem o escritório - mulher corajosa. Deve ser bem de vida. Buscas assim não são algo barato.

– Quando conheceu meu pai, ela já tinha uma posição muito boa.

– E por falar nele, o que houve?

– Pneumonia, agravada por uma hipotermia.

– Hipotermia?

– Acreditamos que ele tenha feito de propósito. Passou a noite fria italiana com janelas abertas. Pela manhã quando o socorremos já era tarde.

– Nossa, que triste!

– Nós temos o resultado do que plantamos. Sempre!

– Não fale assim! Seu pai era um bom homem.

– Até descobrir que você tinha algo que não o agradasse.

– A idade, a cultura da época, tudo isso influencia.

– Está defendendo o que ele fez com a gente? Por favor, isso é insano!

– Só estou dizendo que ele morreu, vamos respeitar a memória.

– A memória que me deixou foi a das piores! Aliás para nós!

– Nós, não! Você!

– Então pra você não significou nada? A surra que levei por ele ter pego nós dois transando?

– Estou falando que é compreensível mediante o machismo.

– Pelo amor de Deus! - retrucou se levantando. - Na época você se solidarizou! Queria até que fugíssemos. Agora isso?

– Só estou falando que tem um tempo isso. E você escolheu ficar!

– Eu escolhi? Que opção eu tinha? Você, funcionário dele, e eu com uma mão na frente e outra atrás?

– Seria melhor do que ficar nessa vida obscura que você pelo jeito continua.

– Você não sabe de nada! - saiu gritando. - Você é um filho de uma puta!

Ao se dirigir a porta, Nicholas, arrependido, correu atrás e segurou forte o braço de Paolo, bem no lugar do tiro:

— Cacete, solta! Ainda dói!

— Dói o quê?

— É que assim como a sua paciente, eu também levei um tiro.

O braço de Paolo começa a sangrar.

— Meu Deus, Paolo! Você está sem o curativo? - foi depressa para o armário pegar um kit de socorros. - Senta aí! Vou ajeitar pra você.

— Você sabe como sou com essas coisas!

— Não sei, não! Tira a camiseta, como vou fazer ao menos um curativo?

Nicholas começa a higienizar o lugar do ferimento. Paolo reclama de dor. Mas o médico continua. Ao terminar, se levanta para jogar alguns materiais fora:

— Está tomando remédio?

— Estou sim! Esse negócio dói e agora vai doer mais pelo jeito!

— Vista sua camiseta - disse o médico voltando ao lugar para pegar a caixa do kit, quando viu a cicatriz no ombro de Paolo. - O que é isso?

— O quê?

— Essa cicatriz no seu ombro.

— Prefiro não dizer, afinal você não se importa.

Um silêncio. Nicholas se aproxima e passa a mão na cicatriz:

— Foi seu pai?

— Sim... E no dia que você diz ter sido normal - respondeu colocando a camiseta.

Nicholas se aproxima mais uma vez e novamente passa a mão de leve na cicatriz, subindo lentamente para o rosto de Paolo. Este por sua vez retira a parte da camiseta que tinha colocado.

O LADO DEMÔNIA

O médico vai passando a ponta dos dedos nas linhas do rosto do filho de Mário. Ao chegar nos lábios faz o mesmo e como que em um se desligar, se beijam de forma muito quente, fazendo tremer o sofá do escritório daquele hospital chique.

***

Saindo do hospital, Manuela queria passar a noite em um lugar que não fosse a sua casa. Pensou na comunidade, mas logo em seguida achou ser perigoso:

– Fino, quero passar a noite no seu bar!

– Enlouqueceu?

– Não, não. Eu não quero ir pra casa e nem para a comunidade.

– Você precisa descansar, pelo amor de Deus! Sua saúde em primeiro...

– Fino! Bar!

Fino já conhecia e muito bem a patroa e amada. Mudou a rota e foi para o bar. Ao chegar em frente ao seu estabelecimento o caos e destruição tinha tomado conta. O local havia sido alvejado. Fino saiu do carro e, ao chegar até a porta, a mesma estava destruída e inúmeras viaturas no local.

– O senhor é o proprietário? - perguntou o policial.

Fino ficou mudo e em choque por uns instantes.

– Não, senhor! Só estou vendo a barbárie.

Fino sabia que não podia se envolver em uma investigação e que se não aparecessem responsáveis o caso seria encerrado. Ao voltar ao carro, em choque, encontrou Manuela chorando e olhando pela janela.

Pode ir, Fino!

Fino encostou a cabeça ao volante e amargou em lágrimas. Era a primeira vez que Manuela via o capanga chorar. Aquilo cortou o coração e segundos depois as lágrimas que rolavam em seu rosto deram espaço para a indignação e raiva.

Ao se recompor, Fino agradeceu a patroa, mas viu o olhar que ele já conhecia bem: ela vingaria aquela barbárie.

– Toca para a comunidade, Fino!

✯✯✯

Ao chegar na comunidade, Manuela foi direto para o chuveiro. Mas antes de começar seu banho, pediu para que Fino reunisse seus homens todos ali mesmo no salão.

Manuela, naquele simples banheiro em relação aos de suas casas, tomou um banho e seguiu seu ritual de produção. Naquele lugar, as únicas peças de roupa que tinha da poderosa era uma calça de moletom e uma camiseta estampada com a palavra "SIGA". Não podia ser melhor, já que representava tudo o que faria aquela noite. Se perfumou levemente e ao se olhar no espelho respirou:

– Pronta para a linha de frente!

Quando saiu do seu demorado banho o salão estava cheio:

– Meus queridos! Muita coisa aconteceu depois do episódio do desgraçado do Caveira. Achei que tinham aprendido a lição, mas não! E pior! O tal do Velho quer só realmente vingar a morte do filho e está tocando o terror.

Se é terror o que eles querem, terror terão! Fino vai escolher os que vão fazer exatamente o que vou dizer: quero dois vigiando o que sobrou do bar! Quero essa comunidade cercada! Comigo e com Fino quero cinco, vamos para a porta do hospital porque sei que eles vão para lá! Fiquem atentos! Esse combate venceremos!

O exército de Manuela estava todo na rua. Manuela e os seus ficaram na porta do hospital. Ela sabia que a falta de experiência do Velho o levaria para lá novamente. Só não esperava que fosse sozinho, o que acabou acontecendo.

Quando viram o pai de Caveira entrando no hospital, Manuela pediu para um dos homens ir esperá-lo na porta. Um ficou próximo ao carro do velho e os demais à espreita.

– É inacreditável que ele tenha vindo sozinho - disse Fino.

– Ele acha que estamos todos onde eles querem tocar o terror - respondeu Manuela.

– Às vezes acho que o espírito de planejamento do Tocaia entrou em você.

– Por isso você se apaixonou por mim?

– Essa não vou responder.

– Quem fala o que quer, ouve o que não quer, como bem diz o ditado.

Quase duas horas se passaram, quando Velho saiu de dentro do Hospital. O que estava esperando na porta passou a segui-lo. Quando chegou no carro, o que estava no carro já tinha aberto o veículo e Manuela o esperava no banco do passageiro. Quando o Velho entrou tomou um susto:

– Que diabos está fazendo aqui? – perguntou.

– O mesmo que você, sabia? - respondeu com arma apontada para ele - com uma só diferença: estou atrás de você.

– E eu atrás de você. Só sossego quando vingar meu filho.

– O senhor não fazia ideia do que era seu filho, né?

– Você não teria que estar de repouso? – desconversou.

– É, não sabia! Mas sabe, Velho, estou de repouso! Olha minha roupa light.

– Me deixa ir embora.

– Mas só pode ser brincadeira - respondeu gargalhando.

– Se você me matar, meus homens acabam com você.

– Que homens? Nenhum deles são seus! Olha pra fora. Só aqui estamos cercados dos meus! Fora os que estão caçando os malditos homens do seu filho. Você devia ter deixado eles se dispersaram com a morte do Caveira. Mas escolheu estar aqui. E escolheu me levar no maior carregamento de vocês agora!

– Não vou a lugar algum!

– Ah, você vai! Sai do carro! Sai ou já morre aqui mesmo!

Velho saiu do carro e foi levado ao carro onde o estavam esperando.

– Toquem fogo nessa lata velha - o carro do Velho.

Durante todo o caminho até o depósito da comunidade do Caveira, Manuela foi com o Velho na mira e sem baixar a guarda. Ao chegarem próximos, Manuela pediu para que Fino trocasse a direção com outro de seus homens, para dar a impressão de que o pai de Caveira estava chegando com um motorista aleatório, enquanto Fino e Manuela se cobriram com pano escuro.

O carro passou pelo portão sem nenhum problema. A segurança da noite estava inteiramente do lado de fora. Então, ao adentrarem, saíram do carro e Manuela fez o Velho mostrar o local de maior importância, com algumas armas, muita droga e muito dinheiro.

De dentro do depósito, ela fez com que o Velho desse a ordem para os capangas da parte externa se concentrasse no portão. Ao fazerem isso, os homens que não tinham entrado foram orientados por Fino a sair do depósito. Sob a mira, não podiam se mexer.

Assim, jogaram muito querosene que tinha dentro do próprio depósito, além dos que vieram no carro com eles. Manuela fez Velho tirar toda a roupa e sair junto com ela e Fino para onde estavam os seguranças emparedados, enquanto dois dos homens de Fino entraram para tacar fogo.

– É gostoso alvejar o estabelecimento dos outros, né? E dar tiro em mim? E me caçar no hospital? Vocês não são ninguém! Esse Velho aqui não é o Caveira, então vão procurar o que fazer! Corram! Agora!

Manuela tocou fogo em todo o material, dinheiro e ainda desmoralizou o suposto substituto de Caveira. Com tudo em chamas, entraram em seus carros e foram para a comunidade. A chefe ia passar a noite onde tudo começou a mudar, após quase morrer baleada.

***

Os últimos acontecimentos, a vida de Manuela, que sempre foi mantida em sigilo, acabou por chamar demais a atenção das autoridades e da imprensa como um todo, principalmente o fato de ter sido baleada na porta da igreja.

Mal esfriava o acontecimento, quando souberam que o padre havia testemunhado o atentado, repórteres o procuravam para saber detalhes. Sem jeito e com incomodo visível, o padre atendia, mas não aceitava fotos e exposição de seu nome:

– Não aguento mais isso - disse o padre a Fino.

– O senhor me chama aqui para se queixar de algo que não tenho como modificar. O senhor escolheu isso.

– Por favor, em nome de Deus, converse com Ramos. Não posso mais segurar essa cambada de repórteres e investigadores que chegam diariamente me pedindo para repetir exatamente a mesma coisa. Acho que querem me pegar no pulo da contradição.

– Por favor, padre, não floreie a situação. O senhor viu com os próprios olhos ela ser baleada, por isso ficam insistindo. Vou ver o que posso fazer pelo senhor - disse se levantando.

– Por mim não, por nós! Por Deus! Pela igreja!

– Pelas armas, não? – ironizou. - Pelo dinheiro, talvez? - concluiu Fino saindo do escritório do padre.

Enquanto Fino saia por dentro da igreja, percebeu que havia um homem com uma mochila nas costas, andando, como se estivesse esperando por alguém.

Fino fez que saiu e fico observando pela porta principal entreaberta. O jovem, ao ver que Fino saia, se dirigiu para a secretaria da igreja. Queria falar com o padre.

O jovem era Sândalo Rodrigues, um investigador recém-chegado na cidade para atuar justamente no caso do tráfico local. Fino voltou para dentro da igreja e decidiu esperar a saída do rapaz para voltar e questionar o padre.

O padre mais uma vez alertou Fino sobre a situação e lhe entregou o cartão que o investigador havia deixado, explicando quem era.

✱✱✱

— **V**ocê precisa deixar o Brasil! - gritava Fino em uma discussão com Manuela.
— E deixar tudo aqui correr solto? Você enlouqueceu?
— Quem está maluca é você, Manuela! Não está ouvindo o que estou falando! Esta merda vai chegar em você em dois tempos!
— O investigador só fez perguntas de praxe ao padre. Como isso chegaria em mim?
— Ele perguntou o que eu fazia na igreja! Todos desconfiam que tenho ligação com você! Aliás, com o tráfico no geral! Salva sua pele! Fica um tempo na Itália antes que isso chegue até você! Eles já sabem onde fazer perguntas.
— Libera o padre!
— Como? Não entendi...
— O padre não pediu fim dos negócios? Faça o que ele quer!
— Isso não vai livrar sua pele, Manuela!
— Não estou preocupada com minha pele, Fino!
— Pois deveria estar! Se isso chegar em você, vai apodrecer na cadeia, se é que vai resistir!
— Engraçado como vocês consideram mulheres, né?
— Não é isso, Manuela! Você já deu provas suficientes de que se reinventa e é capaz de qualquer coisa, mas a questão....
— É se vou sobreviver à cadeia! Já entendi! Até que não seria um final injusto para quem já fez tudo o que eu fiz.
— Por favor, Manuela, não vê que me importo com você? - baixou o tom.

Um silêncio se faz na discussão. Fino se aproxima de Manuela e antes que se beijem o celular dela toca. É sua médica.

– Retire o padre dos negócios. Não lhe cobre nada. Vou pensar em uma solução. Confie em mim. - diz saindo do quarto.
– Onde vai?
– Vou ao médico! Rotina pós-atentado.
– Se cuida! - sussurra Fino, a olhando atentamente

∗∗∗

Manuela vai dirigindo seu próprio carro até o consultório, pensando em todo um plano de como sair da realidade de exposição em que se meteu. A vida havia lhe ensinado a viver sob adrenalina e perigo. Estava com tudo em mente: retirar o padre, se cercar de nova segurança, procurar ajuda com algum político sedento por dinheiro para campanha e seguir a vida expandindo seus negócios. Afinal era tudo o que tinha.

Manuela se sentia viva e imbatível. Nada poderia lhe deter naquela altura do campeonato. Mesmo se fosse presa, acreditava ser possível sobreviver, negociar a pena e voltar à liberdade, assumindo a vida de criminosa que vivia. Talvez fosse até libertador.

Enquanto pensava, passou direto pela recepção e adentrando o consultório da médica se deparou com o médico que lhe atendera durante a cirurgia. Paralisada na porta, suas vistas se escureceram. Apagou.

Ao despertar, estava com soro na veia e deitava em uma maca confortável.

– Minha amiga e paciente favorita, como está se sentindo?
– Eu acho que bem!
– Não podia estar melhor, minha amiga! Pode acreditar!
– Posso até estar bem, agora, depois de um desmaio, você me dizer que não podia estar melhor, é piada, né?
– Sente-se. Você só teve uma queda de pressão.
– Pressão baixa a essa altura do campeonato. Sequela do tiro? - disse sorrindo.

– Na verdade, prenúncio do que está por vir.

– Não entendi. Sei que virão problemas por aí, mas não entendi seu ponto.

– Manuela, eu fiz questão de trazer o Dr. Nicholas, que foi responsável por sua cirurgia, para lhe comunicar que tivemos em você durante esse período uma relação de muita atenção e confiança. Sua cirurgia foi um sucesso duplo, já que conseguimos te salvar e manter seu tesourinho. Você está grávida!

– Estou o quê?

– Preferi te falar agora, para você manter a calma.

– Confio em você, Estela. Não estou me queixando. Só quero entender direito. Eu carrego uma criança?

– Sim! Viva a vida que lhe trouxe um novo filho!

Manuela se mantém imóvel. Com o olhar fixado no nada, pergunta baixinho:

– Quanto tempo?

– Vamos para seis semanas! Super saudáveis: você e o bebê.

Continua com o olhar fixo no nada. Só consegue pensar que tudo vai mudar a não ser que tire o bebê.

– Sabe quem é o pai, Manu?

Mais uma pergunta que mudaria tudo. Não teria coragem de retirar um filho de um amor tão intenso e inédito em sua vida, mesmo que ao pé da escada em um tapete. Manuela sussurra:

– Fino…

Chora.

✳✳✳

Enquanto Manuela sai da clínica, atordoada pela notícia de que será mãe novamente, na porta do mosteiro, um dos capangas do esquema da poderosa está para fazer sua última entrega de armamentos. Havia sido a forma que Fino tinha encontrado para não ficar com "mercadoria" parada antes de retirar por completo o padre do esquema.

O padre, por sua vez, ligava desesperadamente para Manuela, já que não queria receber aquela última carga, pois havia gente da polícia de campana nas proximidades do mosteiro. Se aquele caminhão entrasse seria o fim de todo o esquema sigiloso, já que Sândalo estava convencido de que o mosteiro tinha alguma coisa a ver com o esquema.

Embora a polícia estivesse certa de que era uma linha totalmente equivocada que o investigador queria seguir, permitiu que o mesmo seguisse, sem muita estrutura, o seu instinto.

Como Fino estava ocupado com seus afazeres, Manuela saiu da clínica dirigindo seu próprio carro. E no caminho para casa, só se passava em sua cabeça no que havia se tornado, justamente por causa da perda de seu primeiro filho. Que nunca mais teve paz consigo mesmo desde o maldito dia em que cedeu seu filho para aquela que era a mulher que mais confiava. Agora, esperando um novo filho, pensava no que poderia se tornar o pequeno, tendo uma mãe traficante.

Os pensamentos eram tantos que quando deu por si, estava justamente na porta da igreja do mosteiro. Não contrariou os instintos e desceu do carro adentrando o templo.

Se por um lado aquele momento seria um alívio momentâneo para Manuela, do outro era tudo o que Sândalo precisava em um momento bastante oportuno.

A igreja estava vazia. Manuela foi direto para o altar e como não encontrava forças, se deitou, chorando muito.

Sândalo entrou na igreja em silêncio e observou aquela bela mulher aos prantos. Por um momento passou pela sua cabeça que estava errado e que Manuela era apenas mais uma vítima daquele sistema criminoso.

Convencido disso por um momento, o investigador se aproximou de onde ela continuava chorando deitada:

– A senhora está bem? - perguntou se ajoelhando ao lado dela.

Sem se importar muito com o que estava ao seu redor, Manuela se levantou devagar e não respondeu uma única palavra.

– Quer que eu vá buscar um copo de água? - insistiu.

– Acho que não.

– A senhora está muito triste. Posso lhe perguntar o que aconteceu?

Ambos se sentam no degrau.

– Minha vida nunca foi um mar de rosas, moço.

– Acho que a vida de ninguém, viu.

– Mas a minha despertou o que jamais gostaria que fosse.

– Nós somos o reflexo do que vivemos. Isso é natural. Acho que o criador aqui sabe disso.

– Deve ser. Mas hoje não me reconheço. Me tornei o que nunca imaginei.

– Não é nem o que você temia?

– Não sei o que temia. Antes dessa minha vida, tudo era só desgraça.

– Mas você é uma mulher de posses e beleza.

– Como sabe que tenho posses?

– Seu jeito não nega. Uma mulher refinada. Com o que trabalha?

Por um instante, Manuela achava que aquela conversa estava lhe ajudando, mas quando virou para Sândalo, viu que sua arma na cintura estava à mostra.

– Isso é necessário dentro da igreja - disse apontando para a cintura dele.

– Me desculpe. Estou em serviço e entrei para fazer uma oração. Aí me deparei com seu choro.

– O senhor é policial?

– Não precisa me chamar de senhor. Sou investigador. Sândalo, muito prazer - disse estendendo-lhe a mão.

– O prazer é meu - respondeu o cumprimentando e se levantando. Por um momento um frio na barriga atrapalhou seu raciocínio.

– Já vai? Está melhor?

– Estou sim. Preciso seguir com meus compromissos.
– Não vai nem me dizer seu nome?
– Manuela.
– Belo nome. Seu rosto me é familiar.
– Não me lembro de você.
– Fique com um cartão meu. Qualquer coisa só me chamar.
– Obrigada. E obrigada por me consolar - disse sorrindo.
– Imagina.

A conversa é interrompida pelos gritos do padre ao telefone.

– Essa merda não vai entrar! Converse com ela! Agora!

O padre passa tão furioso que não enxerga nenhum dos dois em frente ao altar. Paralisados com os gritos, eles observam o padre ir em direção a uma imagem.

– O senhor está bem? - pergunta Manuela.

– Devo estar - respondeu se virando para ela - Por Deus, minha filha, preciso de sua ajuda.

– Minha ajuda? - respondeu fazendo sinal com a cabeça para que visse o investigador.

– Estou fora...

– Padre, deixe-me apresentar Sândalo - interrompeu.

– Achei que fosse Fino - disse sem graça. - Conheço esse jovem rapaz.

– Sempre bom revê-lo, padre - respondeu o investigador.

– Ele está responsável pela investigação do atentado contra você, minha filha - disse o padre.

– Ainda isso? Então você sabia quem sou eu desde o começo - respondeu Manuela.

– Sabia sim, mas queria ver se me reconhecia - respondeu Sândalo.

– Reconhecer sem nunca ter estado com você?

– Não tem curiosidade de saber quem atentou contra sua vida? - insistiu o investigador.

A conversa é interrompida por um grande barulho ao lado de fora. O capanga de Manuela, irritado com a demora do padre em deixar a carga entrar, avança com o caminhão sobre o portão do mosteiro. Eles saem depressa da igreja e ao chegar no portão lateral, o caminhão está todo destruído na parte da frente.

O padre começa a passar mal e Sândalo aciona o corpo da polícia. Manuela, ao reconhecer o capanga, vai até o caminhão.

– O que está fazendo aqui, imprestável? - sussurra para o motorista que está ao lado de fora da cabine do caminhão.

– Chefe, fazendo minha entrega....

– Não me chame assim, seu inútil! - diz pegando o celular

– Ele nunca fez essa cena. Hoje não quis receber a mercadoria. Não tive escolha.

– Tem noção do que fez? A polícia está aqui. Você não vai poder sair.

– O que eu faço?

– Tem bebida aí?

– Tem sim!

– Encha a cara. Por via das dúvidas você está bêbado e quer entrar no lugar errado.

– Sim, senhora! - disse procurando a garrafa de pinga.

Enquanto Manuela passa as instruções, ao longe e do outro lado da rua, Sândalo percebe que existe um grau de intimidade entre ela e o motorista.

***

– Eu te avisei para você se distancia, Manuela! - dizia Fino sentado diante da patroa na sala de estar de sua casa.

– Eu sei que falou, mas não esperava que tivesse alguém de vigia em frente ao mosteiro.

– Você e sua mania de só ouvir a si mesma.

– Aliás, o que fazia aquele maldito em frente ao mosteiro? Não havia dito para retirar o padre dos negócios?

O LADO DEMÔNIA

– Era o último carregamento, senão ficaria exposto.

– Não mais do que a porcaria que você fez! Isso é culpa sua! Eu falei tira o padre! TIRA O PADRE!

– Sim, foi erro meu ainda ter mantido aquilo, mas eu insisto que você deve se retirar.

– Eu vou! Nem consigo ficar aqui por bons meses!

– Concordo, embora vá sentir saudades! - disse Fino se aproximando dela.

– Fino, preciso descansar! Melhor você sair! - disse levantando.

– Está me dispensando?

– Por hoje, sim!

– Não estou falando de trabalho, Manuela. Faz dias que não ficamos juntos.

– E existe clima pra isso?

– Até ontem havia!

– Ontem?

– Sim, modo de dizer. Dias atrás parecíamos estar tão bem.

– Estamos bem, Fino. Agora só quero descansar e me organizar para viajar.

Fino se aproxima para um beijo de boa noite, mas Manuela vira o rosto e se despede.

Mal Fino saiu de sua casa, Manuela subiu ao quarto e ligou para que preparassem o jatinho. Havia decidido embarcar para Europa naquela noite mesmo.

★★★

Passaram-se quatro meses que Manuela estava na Itália. Sua inquietação não permitia que ficasse parada. Com seus homens e capangas, incluindo Fino – que continuava cuidando dos negócios escusos –, a poderosa reuniu um grupo de amigas e conhecidas de uma comunidade carente e decidiu empreender da forma mais honesta possível.

Após dias de muito trabalho e grande investimento chegava o dia da poderosa inaugurar sua primeira empresa legalmente constituída: uma escola de maquiagens que daria oportunidades para jovens de baixa renda que quisessem aprender o ofício.

Desde muito pequena, Manuela sonhava em manusear bem maquiagens, mas primeiro por conta da religiosidade exagerada não podia. E, depois, o trabalho para sobreviver e os negócios paralelos.

Era a primeira vez que trabalhava sem esconder nada. Do planejamento até a execução e inauguração, a poderosa aprendia e dava oportunidades. A imprensa italiana em peso fez presença na inauguração e ao que tudo parecia seria um recomeço. Nem mesmo o peso da gravidez, que já era visível, foi capaz de frear ou adiar qualquer plano.

Assim como a nova empreitada de Manuela avançava na Itália, no Brasil, as investigações acerca do caminhão de armas que invadiu o mosteiro também caminhava a passos largos.

Sândalo, sedento por respostas, enfim chegava aos negócios escusos de Sr. Mário no Brasil, já que o carregamento apontou direto para as lojas de carro, administradas por Paolo.

Sem tempo a perder, a justiça brasileira expediu um mandado de prisão contra o filho de Mário e o prendeu justamente no dia em que Manuela planejava gravar uma entrevista.

Das investigações, o padre se saiu muito bem, como alguém que nada tinha a ver com o carregamento, afinal o disfarce de bêbado que Manuela havia indicado ao capanga no dia do incidente colou muito bem.

Minutos antes de entrar para gravar a entrevista, o telefone de Manuela toca. Era Fino comunicando a prisão de Paolo.

Mais uma vez, Manuela via sua paz e planos de água abaixo. Seu carinho pelo enteado era enorme, e boa parte dos trabalhos que ele executava no Brasil era pertencente aos seus negócios.

Antes mesmo que pudesse planejar seu retorno ao Brasil para se solidarizar e tentar retirar o enteado da cadeia, seu advogado chegava em sua casa para comunicar que a mesma estava sendo intimada a prestar esclarecimentos por ter sido casada com Mário.

Toda a agenda de Manuela havia sido cancelada para retornar ao Brasil. No dia seguinte, embarcou de jatinho para sua terra natal com um grupo de advogados.

∗∗∗

A chegada de Manuela ao Brasil foi marcada pela surpresa de estar grávida. Afinal, não havia dito a ninguém sobre o assunto antes.

Quando chegou ao aeroporto, Fino estava aguardando. Ao ver o tamanho da barriga da patroa, entristeceu-se:

– Grávida?

– Acho que sim - respondeu de forma rude.

– Como assim?

– Fino, por favor. Vamos ao presídio.

– Não sem antes uma explicação.

– Desde quando lhe devo satisfação de minha vida?

– Desde quando? Desde sempre!

– Toca para o. presidio. Existem coisas mais importantes...

– Que coisas? - gritou - você fica meses sem sequer falar comigo. Acreditei que havia algo entre a gente.

– Eu só vou lhe falar uma coisa: desde quando devo satisfação?

– De quem é esse filho?

– Não interessa! Vamos!

A discussão é interrompida pela batida no vidro. O advogado lembra que estão no aeroporto. Seguem para o presídio.

O silêncio reinou o caminho todo. Ao chegar na entrada do presídio para a visita a Paolo, Fino trava as portas:

– Só me responda: de quem é?
– De Mário!
– Como?
– Eu era uma mulher casada, Fino!
Silêncio. Fino abre as portas. Manuela sai do carro e Fino cai no choro.

***

Sentada esperando para falar com Paolo, Manuela começa a ter uma leve queda de pressão, pelo estresse que passou com Fino.
Paolo entra na sala. Ambos se abraçam. Manuela chora.
– Por favor, não chore! Você está grávida? - surpreso.
– Não era o momento, mas fazer o quê?
– Fino?
– Pelo amor de Deus, Paolo. Ele nem sonha.
– Como assim?
– Falei pra ele que é do seu pai.
– Vocês transaram quando o velho ainda era vivo?
– Só você sabe disso.
– E morre aqui, nessas paredes horrendas.
– Como você está?
– Na medida do possível, Fino tem mantido tudo confortável.
– Até porque foi culpa dele.
– Não... Uma hora isso ia acontecer. Ainda bem que foi comigo.
– Se eu pudesse, trocava de lugar com você.
– Mas não mesmo! Vá cuidar desse neném aí. Você está muito branca.
– Estou com leve mal-estar. Vim do aeroporto direto pra cá.

– Vai descansar! Amanhã você dará seu depoimento. Vamos sair dessa.

– Te amo, como se fosse meu filho.

Ambos se abraçam.

Ao sair do presídio, Sândalo está esperando a poderosa na recepção.

– Vocês são rápidos, hein! - enfatiza

– São os benefícios de ter dinheiro, senhor investigador.

– Acho que vai ter que voltar para a Itália de voo comercial. Seu jatinho está apreendido a partir de agora.

– Apreenda, nem sempre me virei assim.

– E como será que conseguiu isso tudo, né?

– O que você quer aqui?

– Vim lhe comunicar que precisa comparecer hoje à delegacia.

– O depoimento falei que seria amanhã. Não estou aqui?

– Com a apreensão do jato, temo que você fuja.

Manuela gargalha.

– Me poupe! Estou aqui não estou? E a não ser que tenha um mandado de prisão para me levar, só nos veremos amanhã.

– Não seria melhor resolver logo hoje?

– Não… Eu vou fugir - ironiza, saindo em direção ao carro.

Fino a esperava na saída da recepção.

Sândalo sai e reclama com um dos policiais que a acompanhava, lamentando também o fato de Manuela estar grávida.

※ ※ ※

Em uma sala de interrogatório, Manuela respondia perguntas do delegado, muitas vezes repetidas a cada duas diferentes. Ao lado da poderosa estavam dois advogados que vieram com ela no jatinho, agora apreendido.

– A senhora sabia dos negócios escusos do seu marido?

— É como disse, senhor delegado, nem tudo o que fazemos infelizmente nossos companheiros sabem. Antigamente na relação de casais não havia segredos. Com Mário muitas das vezes não sabia sequer onde ele passava a noite.

— E como conheceu seu marido?

— Nos conhecemos em uma loja de carros, que mais tarde soube ser dele mesmo, e consequentemente nossa.

— Você queria comprar um carro?

— Queria sim.

— O investigador acredita que essa visita da senhora à loja foi para tratar de negócios escusos também. Como vê isso?

— Ele quem precisa provar isso, não? Agora com acusações sérias, entendo que o entorno dele possa ser tido como cúmplice. Mas repito: desconheço as atividades do meu falecido marido.

— Já está em outro relacionamento?

— Não, senhor.

— Posso lhe perguntar sobre esse filho que está esperando?

— Isso não tem relevância, delegado - interrompeu o advogado.

— Com todo respeito, senhor, o que importa é que o filho é meu - respondeu Manuela.

— Nunca teve curiosidade em saber de onde vinha a riqueza de seu marido?

— Não, senhor. Mário tinha negócios tanto aqui, quanto na Itália.

— A senhora tem alguns registros pelo sumiço de um filho seu. Acha que tem ligação com esse caso em questão?

Manuela fica em silêncio. Mais uma vez tocam em um assunto muito delicado e seu equilíbrio sempre fica comprometido...

— Prefere não responder, senhora Manuela?

— Esse é um assunto que supero a cada dia.

– O que houve com o menino?

– Delegado, por favor, nos atentemos a Mário e tal caso. Minha cliente, por causa da gravidez, não pode passar por estresses - concluiu o advogado.

– Compreendo. Senhora Manuela, obrigado pela colaboração. Por vir de tão longe, entendo como um sinal de boa-fé - completou o delegado.

– Estou à disposição, delegado.

– Quanto ao seu jatinho, precisamos que fique em solo brasileiro, até que se justifique a origem dele.

– Entendo, mas isso me prejudica. Precisava voltar para casa o quanto antes. Tem previsão de quando posso usá-lo novamente? - perguntou Manuela.

– Seu advogado já entrou com pedido alegando arbitrariedade nessa apreensão. Possivelmente esse pedido seja analisado mais depressa que nossa perícia. Fique no Brasil mais uns dois dias que terá seu avião de volta.

– Não posso, senhor! Tenho compromissos.

– Saiam da sala. Preciso falar com Manuela a sós - pediu o delegado.

Todos saíram, com exceção dos advogados.

– Posso conversar com a senhora a sós? – insistiu.

– Não seria prudente - afirmou o advogado.

– Pode sim - respondeu Manuela.

– Senhora, não podemos permitir - insistiu o advogado.

– Não me faça ser grossa, doutor!

Os advogados saíram.

– A senhora é uma mulher de muitas posses. Podemos dizer que venceu na vida.

– Vá direto ao ponto, por favor.

– Se quiser posso dar um jeito no seu jatinho.

– E por que ainda não deu?

– Essas coisas demandam tempo e estrutura.

– Está querendo dinheiro, delegado?
– Não seria bem isso, mas considero injusto isso.
– Injusto? - debocha.
– E não é?
– O senhor tem noção do que está me propondo?
– Esse processo não chegará na senhora, só vamos adiantar as coisas. Até para ter paz em tocar seus negócios.

Manuela respira fundo. Se levanta da cadeira.

– Falou o homem da lei! Obrigado por sua boa vontade!
– É a mesma que você teve ao vir até aqui. Acha que somos bobos?

Manuela se posiciona com firmeza do outro lado da mesa. Ela o encara:

– Bobos, não! Agora corruptos, pelo jeito, já nem tanto, né?

O delegado fica em silêncio.

– O que você quer, afinal? Me amarrar em chantagens, doutor?
– Jamais, mas temos informações que nos levam até seu motorista capanga. Ele não era funcionário de Mário. Fica um passo para chegar em você, gravidinha!
– Está blefando! Quer me armar um laço?
– Não sou Sândalo. A fissura em te pegar está nele.
– Vamos fazer o seguinte: eu saio por aquela porta e fingimos que nada dessa conversa aconteceu. Ainda digo para todos que você queria ver como poderia me ajudar no caso do meu filho. Ok?
– Esse assunto então não parece lhe descontrolar tanto, né?
– Me procure quando precisar, doutor -completou, saindo da sala.

Ao sair da sala deu de cara com Sândalo, sentado na cadeira de frente para a porta.

– Boa tarde, senhor!
– Depoimento demorado, hein?

– Seu delegado é bastante minucioso.
Continuaram andando.
– Estava negociando a sós, senhora?
– Como?
– Falando sozinha com o delegado. Típico, né?
– Típico do que, rapaz?
– Rapaz, não. Investigador.
Manuela para e o olha bem.
– Rapaz, sim! É o que você e seu delegado são para mim! Para não dizer moleques! Me deixa te falar uma coisa: se vocês não acreditam em boa-fé, problema de vocês. Vim prestar esclarecimentos. Mas não me insulte, ou insulte minha inteligência.
– A senhora sabe que está mais do que gostaria nessa porcaria toda.
– Bom trabalho - disse já saindo.
– Seu motorista é o próximo, madame!
Manuela só faz um 'joia" com a mão e vai para o carro.
– Estava brigando com o investigador? - perguntou Fino.
– Ele e o maldito do delegado me pressionando.
– E os advogados?
– Fora da presença deles, claro!
– Falou a sós com eles?
– O delegado quis me comprar.
– Arrumou um aliado então, Manuela!
– Não negocio com peixes pequenos, Fino! Só tubarões!
– Não seria má ideia ter o delegado na mão.
– Má ideia é se sujar por pouco!
– A qual tubarão vai recorrer? Porque para pressionarem, a coisa está afunilando.
– É o que disseram mesmo. Mas não vai chegar a tanto. Fino, vamos sair daqui. Me arruma um táxi aéreo. Quero voltar pra casa.

— E o jatinho?

— Apreendido.

— Jesus!

— Jesus mesmo! Mas quero participar do primeiro evento de moda com meus meninos na Itália. Não fico mais um minuto possível nesta terra. Vamos!

— Vou contigo.

Ao contrário das outras vezes, Manuela preferiu ficar em um hotel até anoitecer, quando embarcou com Fino.

✱✱✱

Na Itália, Manuela, ao se levantar cedo e tomar seu café, pegou o carro e foi para a sede da empresa. Essa era sua rotina diária. Não queria motorista. Queria só lidar com sua nova paixão: a empresa de maquiagens. Se mantinha ocupada o dia todo.

Manteve Fino por perto, cuidando da casa em que morava. Era a única companhia que queria por perto, mas sem aquela invasão necessária de quando estava no Brasil.

Durante mais de um mês se envolveu de tal forma com os alunos, que se esqueceu de todos os problemas. E na noite de desfile de moda em Milão, em que sua empresa patrocinava o evento, e seus alunos iriam maquiar alguns modelos, preferiu a companhia de Fino.

No alto daquele sucesso, ficava entre uma ligação e outra, entre uma foto e outra. Eis que seu celular toca pesando o clima: seu advogado.

Manuela não o atendeu a noite toda, mas eis que ao voltar para casa, com Fino como seu motorista, os advogados estavam em peso em sua casa para comunicar que, no Brasil, havia sido expedido a ordem de prisão contra Fino.

— Vou hoje, então - disse Fino na roda de advogados.

— Você não vai hoje! - completou Manuela.

— Ele precisa se entregar, Manuela - completou o advogado.

– Você cala a boca! Estou pagando uma fortuna para vocês e até agora não tem evolução no caso de Paolo.

– Um novo *habeas corpus* já foi apresentado.

– Vocês são fracos demais! Estou cansada de vocês! Quero isso resolvido, custe o que custar! Agora vão para suas casas! Fino só sai daqui amanhã!

Os advogados saem e eles sobem para o quarto.

– Não devia ter dito isso para eles.

– Estou cansada, Fino! Um delegado quis me extorquir! Vou resolver isso do meu jeito!

– Não faça nenhuma bobagem, por favor.

– Como posso não fazer, vendo as duas pessoas que mais amo agora presas?

– Vai ficar tudo bem! Vou ficar confortável lá. Paolo também está!

– Pelo amor de Deus! Eu preciso de vocês. Preciso de você!

– Não era o que parecia há alguns dias atrás.

– Por favor, Fino. Não fale bobagem.

Eles entram no quarto de Manuela.

– Você tem me evitado essa gravidez inteira.

– Talvez porque não esteja no clima.

– Clima do quê?

– Você entendeu - respondeu tirando os sapatos.

– Está falando de sexo?

Manuela fica em silêncio.

– Como se para ficar comigo, só fazendo sexo. Eu quero ser mais que isso pra você, Manuela Ramos.

– A culpa é minha! Sempre é! Eu só faço o mal pra quem está ao meu redor.

– Que conversa é essa agora? - perguntou se sentando na cama.

— Eu só machuco as pessoas. E agora tudo está indo para atrás das grades. Só quero agora me manter ocupada e longe de problemas. Pelo menos até essa garotinha aqui nascer.

— É uma menina?

— Sim!

— Então se alegra! Pensa nela! Na noite incrível de hoje! E vamos deixar o amanhã para amanhã.

— Tem razão - disse sorrindo levemente.

— Agora vá tomar um banho e vamos lá pra baixo curtir aquela vista maravilhosa.

— Banho?

— Sim... já pro banho - disse se levantando da cama. Ou a gravidinha ficou porca agora?

— Mas banho sozinha?

— Quer que eu chame uma das empregadas? - respondeu sorrindo.

Manuela sorriu, se levantou e desprendeu o vestido o deixando cair no chão, já ficando totalmente nua. Fino sorriu, começou a tirar a roupa e ambos foram para o chuveiro.

***

Manuela foi acordada na manhã seguinte por Fino, lhe trazendo café da manhã na cama.

— Minha gravidinha está bem? Bom dia!

Manuela se senta na cama com um sorriso no rosto.

— Estou sonhando?

— Não, senhora. Embora seria um sonho se tivesse a oportunidade de fazer isso todos os dias.

— Você mesmo preparou?

— Eu mesmo!

— Para de ser mentiroso, Fino! Conheço o café dos meus empregados.

— Não estraga o romantismo, vai!

Ambos sorriem.

– Seria demais pedir a Deus uma vida assim?

– Assim como? Com café - retrucou Fino.

– Engraçadinho! Não poderíamos levantar e irmos trabalhar como todo cidadão.

– Nem todos são assim, Manu.

– Gosto quando me chama de Manu.

– Você dormiu bem?

– Dormi sim, até porque para levantar daqui e enfrentar o que precisamos, será pesado.

– E por falar em pesado, os advogados estão todos lá embaixo.

– Eles que esperam. Estamos tomando café.

– Quero que saiba de uma coisa, Manu.

– Diga - respondeu comendo um pão de queijo. - Esse pão está uma delícia.

– Então, se depois de hoje, eu nunca mais sair da cadeia, quero que saiba que comeu o melhor pão de queijo do mundo em um café trazido na cama pela pessoa que mais te ama na vida.

Um silêncio no café. Uma lágrima cai do rosto de Fino.

– Não fale isso! Vai haver muitos cafés mais,

– Tomara, Manu. Tomara.

– Preciso te falar uma coisa, vou mover céus e terras para tirar você disso. Prometo!

– Não suje mais as mãos, por favor!

– Não me pergunte o que farei. E nem depois o que fiz. Combinado?

Mais um silêncio. Ambos choram levemente.

***

Antes de entrar em seu sagrado banho da manhã, Manuela liga para Doutor Giovanni, o advogado de Mário, e combina para que o mesmo venha antes de Fino embarcar.

Toma um banho lento e encorajador, se veste de forma confortável, mas chique, como a grávida mais corajosa. É hora de encarar o mundo!

Ao descer para a sala de estar, o grupo de advogados está sentado conversando com Fino e doutor Giovanni está parado na porta.

— Senhores, bom dia! Gostaria de lhes apresentar o doutor Giovanni, advogado do meu falecido marido. A partir de hoje ele assume o caso. Vocês voltem às devidas funções. Se quiserem permanecer trabalhando para mim, se reportem a ele.

— Tenho boas notícias. O *habeas corpus* de Paolo foi apreciado e ele deve sair ainda hoje do presídio - afirmou Emanuel, advogado líder do grupo que cuidava dos assuntos da família

— Ótimo! - respondeu Manuela. - Não quero corpo mole, ou desfaço esse grupo. Quem não estiver apto a sujar as mãos, se for necessário, pode sair.

— Manuela, vou me inteirar do caso como um todo, embora já sei do que se trata - afirmou Giovanni.

— Quero que o senhor viaje com Fino, por favor. Esse grupo montado por meu marido eu nunca pensei em usar, mas é a hora.

— Estamos às ordens - respondeu Giovanni - Mas posso falar em particular?

— Claro!

Vão para o escritório.

— Manuela, volto a compor esse grupo por você! Não quero contato com os demais filhos de Mário.

— Doutor, eles não mantêm contato. Fique tranquilo.

— Se me permite, deixe que Emanuel vá com Fino. Quero ficar contigo e entender melhor as coisas.

— Como desejar, doutor!

A conversa termina e junto com Fino vão Emanuel e mais dois advogados para o aeroporto. As autoridades esperam Fino e o caso já tem repercussão na imprensa brasileira.

Ao desembarcarem no Brasil, a situação é muito mais grave do que o esperado por Fino. A casa de Manuela havia sido devastada pela polícia e os empregados da poderosa estavam proibidos de saírem da casa até que Fino se apresentasse. O delegado que não obteve êxito na chantagem a Manuela havia dado ênfase total naquela cobertura para a imprensa. A comunidade estava vivendo dias de cão, com a disputa de território e constantes tiroteios.

Quando Fino chegou ao aeroporto, já foi algemado e levado ao camburão da polícia, com direito a link ao vivo pelos jornais locais. Em contrapartida, Paolo deixava a cela e se dirigia de tornozeleira para sua casa, vizinha à mansão de Manuela que havia sido devastada com mandado de busca e apreensão.

Ao chegar em casa, Paolo mais do que depressa ligou para Manuela através do celular de Emanuel, que o colocou a par toda a situação.

* * *

— Emanuel é um bom advogado, Manuela - conversava Giovanni.

— Devia ter intervindo antes.

— Tudo no seu tempo, mas agora as coisas vão andar. Só precisamos blindar para que isso não chegue até você.

— O problema é que Paolo preferiu os advogados dele. Isso me parece que atrapalhou.

— Sim, o ritmo era outro. Mas falemos de você. Quando acha que pode ir ao Brasil?

— A hora que o senhor achar melhor!

— Pergunto por causa da gravidez.

— Estou entrando no sétimo mês. Não acho que devo ter problemas agora.

– Tenho contato com um senador brasileiro, que inclusive ajudou muito Mário no começo dessa lambança toda.
– Ele vai resolver?
– Precisa ser o quanto antes. Antes que passe de cobertura para pauta principal na imprensa.
– Então vou amanhã mesmo.
– Vou contigo. Devemos desembarcar em Brasília e já pontuamos as coisas por lá.
– E Fino, deve ficar muito tempo preso?
– Melhor que fique por enquanto.
– Oi?!
– Sim, Manuela. Tira o foco de você. Você é a próxima na pauta deles.
– Quanta merda, né, doutor?
– Demais! Mas agora precisamos trabalhar.
– Embarcamos amanhã?
– Como preferir.
– Feito, então!

***

Manuela e Giovanni desembarcam no aeroporto de Brasília e o senador Jorge Manso manda que os busquem e levem até o hotel próximo ao Palácio do Alvorada. No caminho, a poderosa olha pela janela o caminho do aeroporto até o hotel. Nunca pensou em ter de pisar na capital do país. E ainda mais para pedir ajuda e se comprometer com velhos políticos que ela sempre criticou. Ao mesmo tempo que sabia que estavam errados, se sentia aliviada por não mais ser responsável por 'prender' religiosos nos trabalhos sujos.

Ela tinha chegado até ali. Tinha vencido do ponto de vista de classe social, superado suas dificuldades financeiras, sujado as mãos de sangue, mas sentia que era momento de parar. Tinha em mente pedir ajuda e limpar seu império. Mesmo que para isso tivesse que terminar de sujar a memória de seu falecido marido.

– Brasília é bela, não é? - disse o senador Manso ao chegarem no saguão do hotel.

– Obrigado pela acolhida, senador - disse Giovanni - Essa é a Manuela, esposa do finado Mário Pocollini.

– Muito prazer, Manuela. Só tenho ouvido coisas boas a seu respeito.

– O prazer é meu, senador! Que bom que ouviu falar de mim!

– Fiquem à vontade. Os quartos de vocês estão reservados e pagos. No jantar venho para degustarmos um bom vinho. Aliás, a senhorita pode beber?

– Se diz por causa da gravidez, eu espero um filho, não estou doente.

Riram e se despediram.

Na subida para o quarto, Giovanni alertou que o senador era fissurado em dinheiro para campanhas e que gostava de negociar.

Do horário que chegaram até a noite tinha um longo tempo para uma pessoa agitada como Manuela, então ela decidiu se informar na recepção e, ao pedir um carro de aplicativo, foi conhecer a Esplanada dos Ministérios e a Catedral de Brasília.

Ao adentrar a igreja, se deparou com uma senhora maltrapilha. Seu cheiro inundava a Catedral inteira. A velha ao parar bem de frente a Manuela disse:

Será que essa criança terá paz? A paz que você está procurando?

Manuela ficou imóvel. A velha simplesmente saiu e a poderosa não conseguia dar um passo para frente. Fez então o sinal da cruz, olhou para dentro e saiu.

O que mais a atormentava era que bem lá no fundo aquela senhora suja e desengonçada lembrava em alguns traços da sua mãe. Ao voltar para o carro, o motorista a indagou sobre a pressa, mas seguiu para o Congresso Nacional.

Lá, Manuela desceu e, ao adentrar o local, não conseguiu tirar a velha da cabeça. O infeliz encontro havia estragado seu passeio. Voltou a entrar no carro e partiu de volta para o hotel.

Aquele passeio parecia um mau prenúncio daquela visita, mas a vida não lhe deu a ousadia de acreditar em superstições. Preferiu então tomar seu banho e aguardar o horário.

※※※

Sentados ao redor de uma mesa, no espaço aberto do hotel, o senador foi o primeiro a chegar, seguido de Manuela.

– Você é bem jovem, Manuela – disse o senador

– Esperava alguém da idade de Mário?

– Não! Mas você despertou o que em muitos anos o meu falecido amigo não tinha depois que sua esposa faleceu: o amor.

– Vocês eram bem próximos?

– Éramos sim, antes mesmo de me tornar político. Estudamos juntos.

– O senhor é italiano?

– Não, mas morei lá quando jovem e então Mário era meu único amigo. Quando nos tornamos homens de negócios voltamos a nos aproximar. E nos ajudamos mutuamente.

– O senhor com poder e ele com dinheiro, certo?

– Basicamente isso.

– Gostaria que o mundo fosse diferente.

– Filha, enquanto houver dinheiro o mundo será assim. Como nunca deixará de existir, sempre seremos assim.

– Faz sentido.

– Mas você está nesse ramo antes de se casar com Mário, né?

– Infelizmente.

– Não se lamente. Fiquei feliz de ser mãe e mulher bem-sucedida. E quando vem essa criança?

– Bem depois de fecharmos e cumprimos parte do nosso acordo. Não se preocupe.

– Perguntei isso pois Mário ficaria feliz de ver um filho dele sendo gerado. Ele guardou esse sêmen por muitos anos em busca de quem o amasse de verdade.

Manuela ficou em silêncio, pois não sabia da existência desse sêmen, mas gostou da ideia, pois teria como justificar a gravidez se alguém duvidasse.

– Vejo que você é uma mulher direta. Vamos falar de negócios então.

– Vamos, senador!

Giovanni se juntou à mesa.

– Você precisa de garantia de sigilo para seus negócios, né?

– Mais do que isso, senador, precisamos abafar essas investigações - completou o advogado.

– Aí é mais difícil, hein?

– Mais caro, o senhor quer dizer? - interrompeu Manuela.

– Prática como um tiro - brincou o senador - mas sim!

– De quanto estamos falando?

– Tudo fica mais fácil se souber se vai continuar no ramo ou se vai parar.

Manuela fica em silêncio.

– Senador, é meio cedo para falarmos isso - responde.

– Concordo! Bom, estamos iniciando o período de arrecadação para movimentar as campanhas ao Senado. Quero fazer mais dois senadores pelo Sul. Pode bancar?

– De quanto estamos falando? - indagou Manuela.

– O suficiente.

– Um cheque em branco?

– É pegar ou largar.

— Largo então, senador!
— Prefere ser presa?
— Prefiro manter meu patrimônio! Me dê um valor ou prefiro voltar pra casa.
— 10 milhões e a barra limpa.
— 5 milhões agora e o restante depois de tudo resolvido.
— 7 milhões.
— 5! É tudo o que posso, ou vou procurar um de seus concorrentes.
— Quero ver conseguir!
— Não me subestime! Senão ainda o faço perder sua cadeira!
O senador gargalha.
— Basta expor seu filho. Talvez a imprensa vá gostar bastante de alguém que mantém trabalho escravo no norte do País.
Um silêncio.
— Vejo que a senhora veio bem preparada! - disse o senador
— Não vou a uma guerra sem munição, senhor! -respondeu Manuela.
O senador toma um gole de vinho.
— Não será imediato, preciso de uns dias. Mas negócio fechado!
Apertam as mãos. O senador se levanta.
— Vejo vocês em breve - se despede.
Manuela e Giovanni esperam o senador se distanciar e gargalham.
— Você é melhor que Mário! Aliás, como soube disso do filho?
— Doutor, não cheguei onde cheguei sendo tapete. Tenho meus truques.
— Manuela, tenho notícias não muito boas.
— Fino?
— Ele está pra ser solto.
— *Habeas corpus* já?

– Caveira, te soa comum?
– O que tem ele?
– O pai dele resolveu ir à polícia contribuir com as investigações.
– Como é?
– No depoimento dele, cita você como a mandachuva do tráfico da região.
– Devia ter matado esse velho quando tive a oportunidade.
– E por falar em morte, ele a acusa de ter matado o filho dele.
Manuela solta o talher. Respira fundo.
– O que devo fazer?
– Aguardar ser chamada para depor. Fino deve ser solto, mas não poderá sair do país.
– Estou fodida!
– Ainda não. Podemos usar da sua gravidez.
– Ótimo! Use e abuse.
– Preciso voltar pra casa. Pode pedir para preparar o jatinho, por gentileza, Giovanni?
– Se ele estivesse à disposição, sim.
– Preciso ir a São Paulo, então. Quero ver Paolo.
– Não é uma boa pisar lá por enquanto, Manuela.
– Por favor, Giovanni. Preciso ver meu menino.
– Espere no quarto então. Vou ver o que consigo.
Disfarçada, Manuela embarcou de táxi aéreo até São Paulo.

***

Ao chegar até a casa de Paolo, não houve outra reação a não ser se abraçar e chorarem muito.
– Virei pombo marcado -brincou Paolo.
– Essa maldição vai sair das nossas cabeças muito em breve.
– Veio ao Brasil ver o Fino?
– Não, vim resolver nossa vida!

– Pedir ajuda?
– Devo ser presa em breve, Paolo.
– Mas você não pode! Está grávida!
– Se isso fosse álibi de alguém, até estaria feliz.
– Preciso voltar urgente para a Itália. Lá ganho tempo.
– E por falar em Itália, fiquei sabendo de sua escola lá! Arrasou, hein!
– Quero você nela quando tudo voltar ao normal.
– Como sabe que gosto de maquiagem?
– Acha que eu nasci ontem, rapazinho?

A conversa leve e risonha se estende entre eles, como mãe e filho, até que Nicholas entra na sala.

– Boa noite!
– Manu, esse é o Nicholas, meu namorado.

Manuela trava. Faltam-lhe palavras e a vista fica turva.

– Manu? Manu? - se desespera Paolo
– Pega minha bolsa, vou aferir a pressão - pede Nicholas.
– Estou bem - responde Manuela baixinho.
– Deve ter sido queda de pressão - sugere Nicholas - não quer que eu veja a pressão?
– Não é necessário - diz se levantando.
– Manu, o Nicholas é o médico que fez sua cirurgia naquele maldito dia.
– Não fale assim, Paolo.
– Pior que foi. Depois daquele dia nossas vidas nunca mais foram as mesmas - respondeu Manuela.

A conversa é interrompida por Giovanni.

– Manuela, precisamos sair do Brasil. O investigador já desconfia que você está no país. Eles devem pedir sua prisão preventiva.
– Sem jatinho? Sem táxi aéreo? Que raios vamos fazer?

– Estou confirmando uma passagem para a gente nesse momento em voo comercial. Se já estivermos em voo facilita as coisas.
– Ah, meu Deus! Não sei se vou aguentar isso.
– Vai sim, senhora - interrompeu Paolo, se aproximando dela. - Por nós! Você é a razão pelo qual estamos firmes. Por favor, faça o que o Giovanni está dizendo.
Manuela sorri para o enteado e concorda.

***

Às pressas para o aeroporto, como se fossem dois fugitivos, embora ainda não havia sido expedido o pedido de prisão de Manuela, chegaram adentraram o avião.

Para quem estava acostumada a fazer um voo do Brasil a Itália nos menores tempos possíveis, de seu luxuoso jatinho, deveria agora aguentar as longas mais de onze horas de voo.

Somente Manuela iria de primeira classe. Teria muito tempo para pensar e descansar. E assim foram as primeiras horas do trajeto, até começar a sentir incômodos na barriga. Os incômodos foram aumentando e se tornando fortes dores. Sem mais aguentar, Manuela chama por ajuda. E pede para que chamem Giovanni.

A situação da poderosa vai se complicando, até que a comissária de bordo consegue identificar uma médica entre os tripulantes. Manuela já se contorce de dor e a médica acredita ser o momento de fazer o parto da prematura filha do amor entre Fino e Manuela. Sete meses de gestação e a criança já está em posição de nascer. O comandante avisa que haverá pouco mais de quarenta minutos para iniciarem o pouso e então autoriza o procedimento.

Manuela não grita, é uma mulher forte. Mas as dores são insuportáveis. Teme por sua vida. Pela vida de sua filha. E a única coisa que consegue fazer é segurar a mão de Giovanni. Os riscos para a recém-nascida são grandes, afinal bebês prematuros precisam de atendimento hospitalar rápido.

O parto parece acontecer bem. Não pôde ser evitado pois Manuela já estava desfalecendo de tanta dor. Por sorte, a médica no voo era da área. Quando iniciado o parto, o comandante avisou a torre sobre a emergência. Em Roma, uma ambulância já estava a postos.

A tensão foi grande até o procedimento ser concluído. Ao nascer a menina, Manuela simplesmente desmaiou e a médica fez os procedimentos básicos para o momento. Os sinais vitais tanto da mãe quanto da prematura eram estáveis. Após o parto o comandante iniciou o procedimento de pouso.

Em uma maca e mãe pela segunda vez, Manuela chegava em Roma, com sua história bombando nas redes sociais. Muitos postaram o acontecido e a torcida antes mesmo da mãe e da menina saírem do avião era grande. Manuela e sua filha, que ainda não tinha nome, foram levadas de ambulância para o hospital mais próximo.

***

Quando Manuela acordou em uma cama de hospital, sua filha já era mais famosa na Itália que muita gente. Em frente ao hospital, curiosos aguardavam notícias do milagroso parto prematuro realizado a bordo de avião que vinha do Brasil.

A notícia já se espalhava também pelo Brasil, abafando até mesmo as possibilidades de investigação envolvendo o nome da poderosa.

A dupla de mãe e filha faziam história e estavam famosas. E a criança até mesmo antes de ter um nome.

— A mamãe vai ter que nos dizer o nome da bebê. O mundo todo já quer saber quem é a guerreirinha que resistiu bravamente a um parto de risco - disse o médico para Manuela.

— Linda é o nome dela, doutor - respondeu Manuela.

— Lindo nome - riu.

— Ela está bem?

– Maravilhosamente bem, mamãe. Mas como de praxe precisa de cuidados por ser prematura. Mas fique tranquila, tanto ela quanto você estão muito sadias.

– Graças a Deus!

– Você é a dona daquela escola de maquiagem, né?

– Sou sim, doutor!

– Minha filha é sua fã!

– Que coisa boa! Depois me procure para ela conhecer nosso trabalho.

– Ela ficará feliz. Agora posso dizer ao mundo o nome da sua menina?

– Pode sim, doutor! Muito obrigado por cuidar de nós!

– É meu dever. Boa sorte, mamãe!

Manuela, após sair do hospital, teve junto com Linda até fã-clube. A imprensa italiana deu cobertura por dias sobre o parto. Manuela falava de sua filha e de seus negócios. Um período de celebridades para ambas e no âmbito do Brasil, a polícia decidiu baixar a euforia, para continuar a investigação sem parecer oportunismo.

***

Quase dois meses se passaram após a prisão de Fino. Por interferência do senador, tanto ele quanto Paolo tiveram sua liberdade decretada, para responder o processo em liberdade.

Fino, ao sair da cadeia, voltou para a comunidade, que, sob constante caos, já não mais funcionava como antes, inclusive do ponto de vista dos negócios. Antes de voltar à ativa, o capanga e amante de Manuela se programava para visitar a amada.

No trajeto para o aeroporto ensaiava dizer a Manuela que iria cuidar de Linda como se fosse sua filha. Ao descer do táxi, eis que encontra também adentrando o aeroporto a médica e amiga de Manuela, que também embarcaria para visitar a amiga:

— E aí, como está o papai mais famoso da Itália?
— Como? - respondeu Fino.
— Se preocupa não, meu querido. A boca aqui é um túmulo.

Fino fica em silêncio sem querer entender o que ouviu, mas arrisca:
— Discrição é sempre o melhor para nós, né doutora?
— Mas em breve vocês terão esse relacionamento declarado ao mundo! É questão de tempo. Manu, além de te amar muito, é uma mulher decidida. E aí poderão gritar aos quatro ventos e você cuidar da sua filha como deseja.
— Verdade - sussurra
— Não entendi...
— Nada, doutora. Vou precisar ir ao banheiro antes de embarcar.

Fino sai da fila do check-in e segue de volta para o ponto de táxi. Arrasado pelo que acabou de descobrir e com raiva de Manuela, pede para que o motorista o deixe em casa. Do caminho mesmo decide não voltar à comunidade, e abandonar aquela vida e os negócios de Manuela. Entra em sua casa, a do antigo bar, recolhe alguns pertences, uma mala cheia de dinheiro e as chaves de um carro. Se dirige à garagem e descobre um carro antigo. Sai de seu porto seguro acelerando aquele carro estiloso e conservado para um lugar que ainda não sabe qual será.

※ ※ ※

Na Itália, Manuela conta as horas para receber os amigos, mas principalmente Fino. Paolo já estava com ela há uns dois dias, já que embarcou assim que retirou a tornozeleira.

A poderosa esperava por eles na Toscana, e mandou preparar tudo de uma maneira muito especial. A saudade era imensa e enfim tudo parecia estar voltando aos eixos.

A médica, Nicholas e o senador Jorge chegaram praticamente juntos. Todos para a hora do almoço. Doutor Giovanni era praticamente um morador da casa, estava cuidando da churrasqueira.

Manuela recebeu a todos, mas seu coração saltava só de pensar que a qualquer momento Fino chegaria. Enquanto esperava, bebia uma taça de vinho sentada de frente ao belo campo, até que a médica se aproximou:

— Ansiosa, minha amiga?

— Um pouco, minha doutora preferida.

— As coisas estão se encaixando, né?

— Graças a Deus! Espero em Deus que tudo volte a ser como era. Ou que seja ainda melhor!

— O amor invadiu novamente esse coraçãozinho e essa casa, né?

— Fino é meu porto seguro, amiga!

— Ele deve ter se ocupado com alguma coisa de última hora. Encontrei com ele no aeroporto.

— Sério? Não embarcou?

— Disse que ia ao banheiro bem na hora que fui chamada no guichê. Como sei dos compromissos de vocês, logo não esperei.

— Que estranho! - disse pegando o celular.

— Fica tranquila, ele deve estar chegando! Cheio de vontade de ver a filhotinha!

— De ver o quê?!

— A Linda, ué! Ele ficou todo animado quando brinquei perguntando como estava o papai mais famoso da Itália - sorriu.

— Você o quê? - perguntou com um tom de desespero.

— Os olhinhos brilharam. Você precisa ver!

— Você só pode estar de brincadeira. Diz que está brincando!

— Falo seríssimo!

— Você é maluca? Bebeu? Ele não sabe que a Linda é filha dele, sua filha da puta! - gritou.

— É sério?

— Óbvio!

— Acho que estraguei tudo, né? Me perdoa! Não foi de propósito. Não sabia!

— Eu falo as coisas imaginando que você sabe guardar essa maldita língua!

— Eu só me empolguei. Quando ele chegar vou falar que achei que era, mas que não sabia que não era dele.

— Você só se esquece que é minha médica. Sua toupeira.

— Quando ele chegar...

— Se é que ele vai vir -interrompeu - Saia daqui, por favor! Vá comer algo! Beber! E vê se fecha essa boca!

A médica sai e Manuela tenta ligar para Fino inúmeras vezes.

"Fino, estou tentando te ligar... Me atende, por favor!"
"Fino, quando ver essa mensagem me liga, por favor!"
"Fino, eu errei... Precisamos conversar, por favor!"
"Fino, por tudo que é mais sagrado... Preciso de você!"

Duas semanas após o encontro na casa de campo de Manuela, Fino não dava um sinal de vida. A médica havia estragado o que estava para recomeçar. Dessa vez Manuela errou feio, mas se via sozinha.

Seu primeiro amor verdadeiro. Um amor que tinha tudo para dar certo e fazer a vida daquela mulher tão sofrida, feliz. Jogou tudo fora por uma vaidade. Por um descuido. Por uma falsa sensação de controle da situação.

Mais uma vez o silêncio ensurdecedor de quem a deixava fazia ecoar em sua cabeça o sentimento de solidão. O sentimento da angústia. Da ausência. Da não resposta.

Linda seria o seu porto seguro dessa vez. Se não tivesse o retorno do amado, ao menos teria nela o fruto de um amor que talvez nunca mais alcançaria.

***

Fino, de uma casa simples no interior de São Paulo, ouvia as mensagens de Manuela. Mas a decepção e a dor de ter sido enganado não permitiam que retornasse as ligações. Durante essas duas semanas, Manuela mandava de três a quatro mensagens de voz por dia.

A dor era tamanha que Fino preferiu se isolar. Não compensava mais sofrer por alguém que o rejeitava. Duas semanas sem ir ao trabalho, sem ter contato com o mundo que estava acostumado a lidar. A reclusão de Fino, fez com que Manuela perdesse o território da comunidade por completo. O pessoal de Caveira invadiu se apossando de alguns carregamentos que sobraram de antes da exposição dos negócios.

A implosão do 'reinado' de Manuela foi praticamente fatal. Para refazer o controle, seria necessário praticamente uma guerra. Uma guerra que já não compensa mais lutar, afinal, a comandante a havia traído nas entranhas mais profundas.

Fino por diversas vezes foi capaz de colocar a própria vida para defender Manuela e seu reinado ilegal. Sabia que sua soltura se deveu a algo bem maior e comprometedor. Mas em sua cabeça, a amada não tinha direito de esconder a paternidade.

**

Contas acertadas com o senador, ânimos já apaziguados e até seu jatinho recuperado, Manuela se sentiu confiante em visitar o Brasil após mais de quatro meses. Não seria uma visita sem objetivo. Iria visitar o senador, convidar Paolo a cuidar da empresa de maquiagem e, obviamente, encontrar Fino.

Adentrar aquele jatinho após todo aquele tempo e voar depois do pesado dia do parto era algo marcante. Mesmo sem avisar seu advogado, o Dr. Giovanni, embarcou para o Brasil.

Mal pousava em Brasília, o investigador Sândalo obteve a informação de que Manuela estava chegando em território brasileiro. Sem saber onde o avião pousaria, Sândalo montou campana na porta de Paolo e solicitou ao delegado que pedisse ao juiz um pedido de prisão contra a empresária.

Ao saber que Manuela viajou para o Brasil, Giovanni mais do que depressa procurou juntar os advogados da equipe para embarcar.

Por orientação de Giovanni, o senador cancelou o encontro, forçando a poderosa a ir direto para São Paulo. Enfurecida com o fato de Jorge deixá-la na mão, foi direto para a casa de Paolo. Ao chegar na casa do enteado, o advogado ligou para Manuela, a repreendendo sobre o fato de ir para o Brasil sem avisar nada. Comunicou ainda que havia um pedido de prisão em andamento e que não era para ela sair da casa de Paolo por nada, e que um grupo de advogados, incluindo ele, estava a caminho do Brasil.

– Paolo, preciso de sua ajuda.

– O que posso fazer, mamys?

– Preciso encontrar Fino

– Sinto muito, não quero que seja presa.

– Eu preciso vê-lo. Por favor. Esse pedido nem saiu ainda.

Paolo relutou, mas acabou concordando, desde que ele fosse dirigindo para disfarçar. Manuela topou. Mandou uma mensagem para Fino e saíram.

Ao dobrarem a esquina da casa onde morava Paolo em direção ao antigo bar de Fino, na esperança de que o encontraria, Sândalo saiu em disparada, junto com o delegado.

Pediram parada ao carro, ao que Paolo parou. Ao abrirem os vidros, o delegado olhou bem para o rosto de Manuela:

– Manuela Ramos! Saia do carro, por favor!

– E por que eu deveria?

– A senhora está presa acusada de tráfico de armas!

– Tem mandado?

– Sim, senhora! Saia do carro, não queremos usar força.

Manuela sai do carro e com as mãos para frente permite que a algemem. O delegado, aquele mesmo que a tentou comprar, chegou bem perto de seu ouvido:

– Seria tão mais barato se tivesse me dado ouvidos naquele dia do avião.

Manuela não responde, entra na viatura e é levada para o distrito policial até a chegada do advogado.

✱✱✱

"**A** empresária Manuela Ramos é presa acusada de tráfico de armas."

As manchetes de jornais televisivos no dia seguinte tinham como foco a empresária que ganhou bebê no avião e que respondia agora a um inquérito que investigava tráfico de armas nas favelas de São Paulo. A prisão se deu baseada no depoimento de um jovem que disse ver Manuela várias vezes na comunidade.

Fino, ao se deparar com tal notícia, não conseguiu conter a adrenalina, logo se levantou, pegou seu carro e correu para a comunidade. Percebeu que o depoimento vinha de quem assumia o tráfico. Emocionado ao volante e muito furioso, o capanga correu direto para a antiga local exato de que comandava com a patroa.

Ao chegar, tudo estava sitiado por agentes do novo 'comandante', a ponto de ter que pedir permissão para subir. E quando foi autorizado, subiu escoltado por um dos homens que antes trabalhava para ele. Subiu sem dar uma palavra.

– Ora, ora! O capanga de mulher veio me visitar - zombou Crivo, o novo traficante, que sentado entre muitas armas e homens pediu para que Fino se aproximasse.

– Não fale dela. Você não a conhece!

– Veio defender a patricinha, foi? - gargalhou fazendo sinal para que os outros rissem.

– Crivo, só falei para não citar o nome dela.

– Ela te mandou da cadeia, foi?

– Vim negociar trégua.

– Não tem trégua, a vadia matou meu parça.

— Você sequer sabe o que aconteceu. Por que fez um dos seus dar depoimento?

— Porque um investigadorzinho chegou aqui prometendo paz! E para prejudicar essa vagabunda eu coloquei um deles para falar o básico.

— Agora está presa por sua culpa.

— Por minha culpa? Quer pedir clemência, Fino? Quem diria, hein!

— Quem pediu clemência? Você já tem a comunidade. Agora deixe Manuela em paz.

— E o que eu ganho com isso?

— Nossa desistência.

— Acha que ainda vai conseguir reaver os negócios? - zombou. - Você não está enxergando o que aconteceu com vocês?

— Não nos subestime. Só está sentado nessa porra de cadeira porque estamos expostos.

— Expostos, não. Presos - gargalhou.

— Você que sabe - disse se virando e saindo.

— Espera! — Fino parou — A vadia desistiu?

— Só queremos paz! Fique com a comunidade, com os negócios! Só finja que não existimos mais.

— A proposta é tentadora, mas não sei se posso. A honra de Caveira está nesse lugar!

— Maldito - gritou - Seu amigo era invasor de área alheia. Você faria o mesmo.

— O que ela fez foi louvável, mas ainda assim ele era meu amigo.

— Foda-se você e seu amigo! Você escolheu! - saiu.

— Para! Me dê a mão! Fechemos negócio, maninho.

Fino só o olhou, olhou ao redor e saiu.

***

No aeroporto desembarcavam o Dr. Giovanni e mais dezesseis pessoas. Eram seis advogados e dez seguranças. Como combinado com Manuela, qualquer coisa que acontecesse o impacto deveria ser grande. Direto para a delegacia, o advogado já tinha um pedido de extradição imediata da empresária para a Itália.

Ao chegarem na delegacia, o susto foi grande por parte dos que estavam lá. Homens de preto e alguns engravatados adentraram a delegacia. O delegado logo saiu para averiguar o que havia, mas Giovanni já estava em sua porta.

– Doutor Giovanni! Você por aqui?

– Sim, podemos entrar ou falamos do corredor mesmo?

– Entre! Quer uma água ou café?

– Só quero a liberdade da minha cliente! Uma mulher trabalhadora, de cidadania italiana e que você manteve presa deixando a filha recém-nascida sem amamentação.

– Doutor, mas sua cliente tem motivos para ter passado a noite aqui. E ir para um presídio já!

– Que pena de você! Ela deverá voltar para Itália agora!

Um dos agentes entra na sala e mostra a decisão de extradição autorizada. O delegado fica sem graça. Respira fundo.

– Mas precisava de tudo isso? A quantidade de homens que trouxe.

– Você envolveu minha cliente com pessoas que atentaram contra sua vida. Aliás, esses que estão comigo são advogados da minha equipe e os demais seguranças. Ela corre riscos.

– Paolo também? Afinal, o pedido de extradição envolve todos os investigados no caso de Sr. Mário Pocollini.

– Dr. Mário era italiano.

– O senhor é um bom advogado! Pena que se suja com criminosos dessa espécie.

– Aliás, anota meu número - entregou um cartão - talvez vá precisar de mim quando responder por tentativas de suborno. Não pense que minha cliente não me relatou isso.

– Do que está falando? Se ela inventou algo como esse, será minha palavra contra a dela.

– Se não tiver um bom advogado, você sabe qual palavra terá mais peso, doutor!

O delegado fica em silêncio e manda que soltem Manuela.

– Da próxima vez, certifique-se de que suas prisões sejam feitas sem furos, delegado!

– Obrigado pelo conselho, senhor Giovanni. Agora saiam da minha delegacia.

– A partir de hoje, a justiça italiana será parte do processo oficialmente. Tenha um bom dia.

Ao sair da sala, Manuela já estava ao lado de fora. Na sequência, chegou a notícia de que o garoto que deu o depoimento, um rapaz que trabalhava para Crivo, havia chegado à delegacia para refazer seu depoimento.

Manuela e os advogados vão para a casa de Paolo. Lá Manuela toma um banho, se troca e eles voltam para a Europa para se apresentarem à justiça italiana.

***

Enquanto retornam, Dr. Giovanni chega a Brasília para tratar dos assuntos com o senador José. Ambos estão no mesmo hotel que se encontraram com Manuela no dia em que fecharam o acordo.

– Foi inteligente de sua parte envolver a justiça italiana.

– O máximo que pode acontecer a Manuela é prestar serviços comunitários para reparar sua participação involuntária no esquema de Mário.

– É o que vai acontecer mesmo! E aqui no Brasil, depois de sua visita com a parte restante do nosso acordo, o delegado lá deve deixar o caso.

– O sujeito gosta mesmo é de propina, senador!

– É mais fácil manobrar a retirada, então.

– Senador, precisamos de uma ajuda sua. Contate seu amigo deputado italiano. Acredito que precisaremos de apoio por lá.

– Eu imaginei. Mário tinha muitas pegadas por lá.

– Isso pode sobrar para a família. Sei da existência de depósitos cheios de armas, mas não sabemos a localização de todos ainda.

– Fique em paz, Manuela é uma boa parceira! Vou entrar em contato.

– Giovanni, tem outra coisa que acredito ser prudente Manuela saber.

– Do que se trata?

– Do filho dela.

– O desaparecido?

– Sim, ela já sofreu demais com essa história. Mário foi muito egoísta com tudo isso e no fim morreu sem dizer a verdade.

– O que aconteceu?

– Mário era muito amigo de uma família de brasileiros ricos, os Silverianos. Eles tinham livre trânsito aqui e na Itália também. Depois de uma tragédia que aconteceu em uma das requintadas festas que davam todo ano, o empresário, que era muito discreto, resolveu se mudar de vez para a Itália. A esposa dele, muito amiga da empregada da casa, levou o filho dela junto. Ambos não podiam ter filhos.

– Sequestraram o filho de Manuela?

– Pior, levaram com o consentimento dela. Na época, Manuela não tinha onde cair morta e sendo mãe solteira achou por bem deixar o menino uma temporada com eles, conforme lhe prometeu Sueli.

– Minha nossa! Mas como é que Manuela foi se envolver justamente com Mário?

– Já ouviu falar em força magnética das mães? Só isso pode justificar tamanha coincidência!

– Mas o que Mário tem a ver com esconder essa história?

– Acontece que o empresário não sabia que a esposa estava levando uma criança. Detestou a ideia de que teria uma criança para cuidarem e falou com Mário se ele podia dar um jeito.

– E por que não devolveram para a mãe, gente?

– Sueli contou que a mãe era miserável e que havia perdido o contato com ela. Então Mário resolveu ficar com o menino.

– Era um bebê?

– Não! Já era crescidinho! Mário então deixou o menino em uma das suas propriedades. Mudou o nome do garoto e conforme o menino foi crescendo, foi aprendendo o ofício que precisava para cuidar da fazenda de Mário na Toscana.

– Passo a acreditar nessa força magnética das mães. Essa fazenda é a preferida de Manuela.

– Mas não acaba por aí. Mário era muito turrão. Seu filho mais novo, o Paolo, que se identifica tanto com Manuela, acabou se enamorando do garoto e conforme foram crescendo começaram a namorar escondido. Mário descobriu e deu jeito de tirar o garoto da fazenda e enfiar o filho no mundo dos negócios pesados dele para "virar homem".

– E o filho de Manuela?

– Mário foi mais brando, mudou ele de propriedade e passou a pagar os estudos do garoto. Bancou toda o curso de medicina. O garoto era um gênio. Antes mesmo de terminar a faculdade, dominava e até ensinava nos hospitais que fazia estágio.

– Não vai me dizer que é o Dr. Nicholas?

– Ele mesmo! Se tornou um médico e tanto!

– Não posso acreditar! O filho de Manuela está bem debaixo de seu nariz esse tempo todo!

– Está sim! Ela chegou muito perto de descobrir. Mário falava que ela bancava um detetive durante todos esses anos. E pagava caríssimo! Mas Mário, com medo de que Manuela fosse simplesmente o abandonar depois de descobrir o paradeiro do filho, passou a atrapalhar as investigações. A essa altura o detetive está bilionário, porque além do trabalho que recebia para fazer, foi ameaçado por Mário e recebia o dobro para não prosseguir.

– Que filho da mãe! Maldito!

– Pior foi Mário nessa história. Agora sua alma e lembrança ficarão manchadas para sempre para a mulher que ele amou.

– E o casal?

– Se mudaram para a Alemanha. Os negócios por lá cresceram e nunca mais deram notícias. Eu sinceramente gostaria de contar isso tudo para Manuela pessoalmente. Mas agora acredito que será impossível. Se você achar por bem contar, fique à vontade.

– Não sei o que vou fazer.

– Talvez seja melhor quando o processo for arquivado.

– Deve ser mais rápido do que imaginamos.

– Então, espere até lá! Mas se tiver oportunidade factível, conte. Ela merece!

– Obrigado, Senador! Quanto ao preço do contato com os políticos italianos, me fale que passo para Manuela. Já conhece a forma como ela negocia? -sorriu.

– Não, doutor - disse se levantando - isso é por conta de todo sofrimento que essa guerreira ainda vai enfrentar quando souber dessa história. Diga a ela que essa fica pela amizade.

***

Na Itália, Manuela depois de colocar Linda para dormir, se sentou na varanda para observar o campo. Seu coração ali ficava em paz, embora a cabeça estava um turbilhão. Nem a noite na cadeia ou a possibilidade de ficar presa em um país que não era naturalmente o seu incomodavam tanto quanto o fato de não ter mais visto Fino e escondido dele a paternidade da filha.

Só de pensar em Fino, as lágrimas corriam pelo rosto. Lamentar o que teria feito da vida até aquele momento não doía tanto, pois sabia a importância que um filho representava na vida, e imaginava a dor de Fino, seu amado, ao saber de uma filha sem o prazer de sequer conhecer.

As lágrimas e a dor invadiam a guerreira mulher. O amor distante feria. Deitou-se na grama e, admirando a paisagem, chorava de amor. Chorava de dor. Chorava de arrependimento. Adormeceu.

Acordou com um falatório na parte interna da casa. O segurança tentava localizar Manuela para perguntar o que fazer com um homem que insistia em vê-la.

– O que está havendo? - perguntou Manuela. - Lá de fora dá pra ouvir.

– Tem um homem aí na portaria. Quer ver a senhora. Disse que é importante. - - disse o segurança.

– Falei pra deixar entrar, dona Manuela - disse a faxineira - é Sr. Fino. Aí ele entrou gritando comigo.

– Fino?

– Sim - respondeu o segurança

– Fino está no portão?

– Não... estou aqui - disse aparecendo na cozinha.

– Falei que não era para entrar - avançou o segurança.

– Calma, homem! Deixe-o - disse Manuela, com os olhos fixos em Fino.

– A segurança está meio reforçada por aqui, hein? - disse Fino

– Está sim. A justiça italiana agora é parte do nosso processo - respondeu praticamente sem piscar e olhando para Fino.

Os empregados saíram da cozinha. Manuela permanecia imóvel. Fino se aproximou e bem de frente a ela, via escorrer por seu rosto uma lágrima. Fino a abraça.

– Me perdoa - sussurra Manuela.

Fino acaricia seu rosto. Passa os dedos no contorno de seu rosto e lábios. Enxuga as lágrimas. Se beijam e o ambiente esquenta entre eles. Do lado de fora, a cozinheira, que sempre torceu por Manuela, comemora o silêncio e dispersa os demais empregados.

***

Deitados no chão da cozinha e despidos, o silêncio após o reencontro é interrompido pelo choro de Linda.

– Sua filha te chama -brinca Fino.

– O pai bem que podia ir lá agora.

– Posso conhecer minha boneca?

– Tanto pode, como deve.

Ao abrirem a porta da cozinha, recebem a informação de que o detetive do caso do filho de Manuela está esperando a chefe no escritório.

– Sinceramente, para essa criatura não me dar novas notícias eu não o atendo. Cansei!

– Vou conversar com ele, Manu - diz Fino.

– Aproveita e fala pra ele que essa será a última vez que ele vai ver a cor do meu dinheiro se não aparecer um fato novo!

Fino vai para o escritório.

– O senhor já chegou no Brasil? - indaga o detetive.

– Por que o espanto?

– Soube que o senhor ficou detido.

– Está me investigando? Acho que seu papel é investigar o menino, não?

– Dona Manuela não virá me atender?

– Não - responde olhando à espera de uma posição.

Um silêncio.

– Vai ficar olhando pra minha cara, senhor detetive?

– Não sei o que dizer...

– Se o problema for dinheiro, não se preocupe. Mas o único recado que ela mandou é que se não tiver novidades será a última vez.

– Não digo em relação a isso. Acho que o senhor pode me ajudar.

– Ajudar no quê?

– Vivo algo bem delicado com esse assunto, não sei como nem começar a falar.

– Comece pelo começo. Me parece muito óbvio!

Um silêncio.

– O senhor pode me acompanhar até meu escritório?

– Depende.

– É importante. Se quiser vamos em seu carro.

Fino se levanta e chega bem perto do detetive que aparenta medo.

– Se me fizer perder meu tempo, acabo com você!

– De maneira nenhuma, respondeu - tremendo a voz.

Ambos entram no carro e seguem para o escritório do detetive. Durante o caminho, um silêncio sepulcral.

– Não acha que é muito medroso pela fama que tem, senhor detetive?

– Não tenho medo de quase nada.

– Não é o que está parecendo.

– A única coisa que temo é por minha família.

– Eu ameacei algum dos seus?

– Não é o senhor! Mas vai entender quando entrarmos.

– Um sex shop?

– Meu escritório fica nos fundos.

– Que original! - zomba

– Tem funcionado todos esses anos.

– Parece até que está cometendo crimes.

– Cometo mais do que imagina.

– E os brinquedinhos escondem os crimes.

– É que todos que entram aqui ficam inibidos. Me adianta bastante.

– É o que imaginei.

O escritório do detetive atrás do sex shop é um requinte puro.

– De muito bom gosto, doutor!

O LADO DEMÔNIA

– Não me chame de doutor -respondeu o detetive adentrando uma grande e bagunçada sala.

– Sabe o que me intriga? - pergunta Fino observando um mural com o caso Manuela. - O senhor é um dos mais famosos e caros detetives do mundo! Não sei como Manuela te encontrou, mas seria a escolha que eu faria também, afinal o resultado com o senhor é certeiro, ou quase, já que justamente... O que é isso?

– Olha atentamente, o senhor é um homem inteligente.

No mural, estilo investigação, tem várias fotos. Desde o pai e mãe de Manuela, o primeiro marido. O próprio Fino. Todos os negócios de Mário.

– O que Paolo faz aqui? Nicholas... Breno? Não vai me dizer que....

– Eu falei que o senhor era inteligente.

– Nicholas é Breno, o filho de Manuela?

Silêncio. Fino continua analisando o mural.

– Engraçado, até a filha de Manuela o senhor sugere que seja minha.

– Se o senhor não sabe, creia que tem 99% de chance da filha ser sua.

– Bingo! O senhor acertou mesmo... É, o senhor é bom!

– Mário me pagava o triplo do que Manuela me pagava para não dar detalhes.

– Que feio o senhor aceitar.

– Mário foi implacável! Em anos de trabalho nunca tive medo de ameaça, mas Mário foi um monstro, capaz de raptar meu filho mais velho por semanas. Não tive escolha. Mas nunca usei um centavo do dinheiro que me deu. Está tudo guardado e devolverei para Manuela como sinal de boa-fé.

Enquanto ouvia o detetive, Fino arrancou o papel que levantava suspeita sobre a morte de Mário, com Manuela como assassina.

– De tudo, a única coisa errada é isso!

– Se está falando, quem sou eu, né?

– O que é isso? - pergunta apontando para a foto de uma casa.

– É justamente o que está sugerido aí. Um estoque imenso de armas. Essa casa é uma mina para a justiça italiana.

– Não sei se essa casa está nos bens de Mário.

– Está sim e pertence a Manuela. Um dos motivos pelo que te chamei aqui. Ela não merece passar por isso. É inocente das trapaças de Mário. Dê um jeito nisso.

– Onde ela fica?

– Fica em Roma.

– Em Roma?!

– Mário gostava de viver perigosamente. Pior que será a primeira casa a ser vasculhada. Pode acreditar. Tome o endereço - diz escrevendo.

– Por que está fazendo isso?

– Isso o quê?

– Nos ajudando!

– Não estou ajudando você ou a família de Mário, mas Manuela. Essa mulher já comeu o pão que o diabo amassou. Agora tem a oportunidade de se livrar dessa sujeira toda e viver livre.

– Só espero que essa conta não chegue.

– Não vai chegar. Tenho uma dívida com ela. Me contate se for preciso.

Fino aperta a mão do detetive com muita convicção e sai. Vai para a casa em Roma.

※※※

Manuela volta ao trabalho na empresa de maquiagem. Durante uma reunião com os professores, a polícia chega na sede da empresa. E com um mandado de busca e apreensão começa a vasculhar o prédio.

– Não podia ser com mais educação? - pergunta Manuela para o policial que permanece em silêncio.

Durante a busca, os professores e funcionários são dispensados e Manuela fica na sede observando a devastação da busca. Enquanto aguarda pacientemente, já perto de terminarem ação, o delegado da polícia italiana chega ao prédio:

– Senhora Manuela Ramos Pocolinni?

– Eu mesmo!

– Podemos conversar em particular?

– Se sobrou alguma sala com lugar pra sentar, podemos sim!

– A imprensa está lá fora - diz puxando uma cadeira em uma das salas bagunçadas.

– Ficaram sabendo primeiro que meus advogados? Me parece que a justiça aqui é igual a do Brasil. Vão me trucidar publicamente.

– Senhora, me chamo Luiz Baccaro, sou da polícia.

– É para falar 'muito prazer'?

– Me desculpe a forma como adentramos a sua propriedade, mas vamos iniciar uma varredura em suas propriedades. Acreditamos em sua inocência, mas temos uma política de combate intolerante ao tráfico no geral. Essa varredura surpresa é mais para não dar tempo de qualquer ação que a senhora possa se preparar. As demais não serão com truculência, mas não posso lhe falar a ordem que seguiremos.

– Tudo bem, entendo! Embora isso seja desumano. Olha como ficou minha empresa.

– Eu sinto muito. Seu depoimento será daqui quatro dias. Esperamos a senhora na sede da polícia - disse levantando.

O delegado saiu e Manuela só olhou para a sua secretária.

– O que tem de bonito, tem de bruto. Senhor!

– Não olhou nem na nossa cara- respondeu a secretária.

– Tem mais gente aqui?

– Sim, ficaram alguns professores e o pessoal da limpeza.

– Vocês são demais!
– Vamos arrumar essa bagunça, tá bem?
– Vamos - respondeu Manuela arregaçando a manga da camisa.
– Pode ir pra casa, senhora!
– De jeito nenhum! Só saio daqui depois de arrumar com vocês! Mãos à obra!

***

Em Roma, Fino e Doutor Giovanni estão espantados com o verdadeiro arsenal que Mário mantinha escondido em uma mansão.
– Me desculpe o chamar, sei que chegou do Brasil há pouco tempo.
– Essa casa está no testamento, Fino! Tenho certeza!
– Isso é bom?
– Na verdade, é péssimo! Por ser na capital, deve ser o primeiro lugar a virem. E as buscas já começaram. Hoje estiveram na empresa de Manuela.
– Na maquiagem?
– Sim! Meu amigo, dá vontade de chorar! Não temos tempo de limpar tudo isso.
Enquanto pensam, o advogado liga para Manuela, que ocupada com a organização da empresa, não atende.
– Ela não atende!
– Liga na empresa, doutor!
– Já liguei! Nada!
– Estamos sob alerta... melhor sairmos daqui, doutor!
– Tem razão. Vamos para a empresa.
Assim que saíram da casa, passados alguns minutos, a polícia chega na casa de Roma.

***

Cansada de tanto faxinar, Manuela e os funcionários saem da empresa e se esquecem que a imprensa está na porta. Antes de atendê-los, a secretária sugere que ela saia e não fale nada. Mas Manuela prefere enfrentar.

– Boa noite, queridos! Está tarde vão descansar, não? - brinca.

– Senhora, hoje sua empresa foi totalmente revistada. Como vê isso?

– Olha, meus queridos, tanto aqui, quanto em qualquer outro patrimônio meu ou do meu falecido marido, que tem coisas que nem conheço ainda, a polícia pode cumprir o seu papel.

– Mas a senhora não tem medo de responder pelos crimes dele?

– Tenho medo de não saber quem ele era realmente. O que tem se provado que não o conhecia.

– A senhora não sabia realmente com o que ele se envolvia?

– Não fazia ideia! Na verdade, não faço ideia. Parece impossível isso, mas infelizmente fui apaixonada por um homem que que me escondia quem era.

Ainda surgem algumas perguntas, mas ao ver o carro de Giovanni encostando na calçada, resolve parar a entrevista. Não havia percebido que os funcionários ficaram atrás dela enquanto falava com os repórteres. Ao vê-los se emocionou e seguiu para o carro abraçada com eles.

Chegando até o carro, o delegado estava encostado na parede bem de frente. Manuela se despediu dos funcionários. Logo em seguida o delegado adentrou o veículo também.

– Vai levar meu carro também?

– É bem perigoso uma mulher de posses a essas horas sozinha e ainda dando entrevistas.

– Não estou sozinha - disse apontando para trás e mostrando o carro de Giovanni.

– Seguinte. Recebemos, digamos que uma notificação, de alguém poderoso para seguir com essa investigação de forma rasa. Culpa toda de Sr. Mário. A entrevista que deu agora caiu muito bem. É uma mulher muito inteligente!

— Se fosse homem seria mais, isso que quis dizer?
— Isso não vem ao caso. Você tem costas quentes, além de ser uma pessoa boa! Logo estará tranquila de processos e poderá maquiar meia Itália, se quiser!
— Mais alguma coisa, senhor delegado engraçadinho?
— Tenho sim. Encontramos uma casa bastante recheada em Roma agora no início da noite. Sabemos que a senhora nunca pisou lá.
— Bom que saiba mesmo, porque nem sabia da existência dessa casa.
— Está em seu nome!
— Assim como mais de 50% do patrimônio do meu marido.
— Não vem ao caso. Amanhã deverá sair a ordem de condução coercitiva até Roma. Vá e vamos parar as buscas até a senhora dar um jeito nas demais propriedades.
— Está me dando trabalho, sabia?
— Ordens são ordens! - diz saindo do carro.

Manuela sai disparada com o carro em até chegar em sua casa.

— Quantas malditas casas ainda tenho? - grita com Fino e Giovanni.
— Tem mais algumas - responde o advogado.
— Por tudo que é mais sagrado, limpa essas malditas!
— Não deve ter em mais lugar nenhum - diz Fino.
— Como você sabe?
— Ele está certo, Manuela. Mas de toda forma vou montar uma força para fazer uma limpa.
— Vocês sabiam de Roma?
— Sim - disse Fino.
— Que legal! E iam me falar quando? Ah! Não falaram! Simples assim!
— Amanhã, você deve...
— Ir para Roma! Já sei! O delegado veio me falar, acredita?

O LADO DEMÔNIA

– Calma, Manuela! Ligamos para você, mas não atendeu! - disse Fino.

– Adivinha por quê? Porque invadiram meu escritório hoje, com chutes na porta! E meus advogados não me avisaram!

Um silêncio na sala. Manuela respira fundo:

– Me desculpem! Estou sob muita pressão.

– Nós sabemos. Tente respirar - -disse Giovanni

– Estou tentando, doutor! Só vejo a hora disso tudo acabar.

– Vai chegar ao fim, pode acreditar.

Enquanto conversam, o telefone de Giovanni toca e ele sai para atender.

– Não sei como esse homem aguenta! - disse Manuela sobre Giovanni.

– Ele é bom no que faz!

– Muito!

– E por falar em bom, preciso te contar umas coisas sobre o detetive.

– Aquele incompetente?

Giovanni interrompe:

– Um de vocês tem alguma coisa a ver com isso?

– Isso o quê, doutor? - indaga Manuela.

– Roma.

– O que que tem? - insiste Fino.

– Tocaram fogo na casa.

– Oi? - Fino e Manuela juntos.

– Diga que vocês não sabem de nada!

– Óbvio que não!!

– Misericórdia! Como a polícia vai entender isso?

– Pior que o delegado disse que foi lá hoje! - frisou Manuela.

– Estamos fritos.

Enquanto conversam, entra Paolo e Nicholas na sala. Cumprimentam Manuela e quando ela beija o rosto de Nicholas, mais uma vez a pressão baixa.

***

Pela manhã, a casa de Manuela desperta com a polícia na porta. O delegado Luiz precisa falar com eles. São pouco mais de 6h30. Somente os empregados estão de pé.

A cozinheira convida o delegado para tomar um café. Ele aceita e observa a bela casa que a empresária mora:

— Meio cedo demais, não? -interrompe o café do delegado.

— Sim, senhora! - respondeu Luiz.

— Duas coisas: não vou a lugar nenhum sem tomar meu café e sem meu advogado.

— Você não precisa ir nem com um nem com outro. Vim pessoalmente lhe avisar que seu interrogatório foi cancelado, sem data para acontecer.

— O que houve?

— Se não tivéssemos pego o sujeito na madrugada, poderia jurar que seria coisa de vocês.

— Ao que se refere? - continuou colocando café na xícara.

— Ontem à noite o filho mais velho de Sr. Mário colocou fogo na sua casa em Roma.

— E por que teríamos algo a ver?

— Mas não tem! O sujeito estava surtado! Gritando: respeitem a memória do meu pai! Pichou essa frase no muro da mansão.

— Não sei nem o que dizer.

— Ele está detido, mas entendemos que há um fato novo e a investigação vai ficar por conta do juiz, se fecha o caso com base no que veio do Brasil, ou se a investigação se estende.

— O filho fez isso sozinho?

— Fez sim!

O LADO DEMÔNIA

– Como chegaram nele?

– As câmeras de segurança... E se eu fosse vocês, tomaria cuidado com o resto do patrimônio. Na delegacia ele falava que se não fossem respeitar o pai dele o patrimônio não seria de ninguém.

Manuela riu.

– Por que está rindo?

– Ele sempre foi o filho que mais Mário falava mal. Preguiçoso. Vida fácil. Nunca se preocupou com pai.

– Nós da polícia achamos até que ele tenha envolvimento com o esquema do pai.

– Não faço ideia...

– Ideia ou não, vocês tiraram uma sorte grande.

– Sorte mesmo será quando tudo isso acabar. Não aguento mais!

– Mantenho seu advogado informado. No mais obrigado pelo café e pela sua colaboração. Aliás, aquela entrevista que deu ontem muito contribuiu para a decisão de hoje.

– Que bom, contem comigo!

– Volte ao trabalho! Curta a vida. Só não saia do país, por favor.

– Pode deixar!

– Tenham um bom dia!

O advogado saiu e Manuela ficou rindo tanto que não conseguia se conter.

Um acesso que seus olhos se enchiam de lágrimas.

O restante da casa que estava descendo para o café apressou o passo para ver o que estava acontecendo. Ao chegarem na cozinha começaram também a gargalhar com Manuela. Há muitos anos que as gargalhadas não estampam seu rosto. A vida tinha se tornado tão séria e pesada que logo até os empregados estavam rindo na cozinha, sem saber o real motivo.

※※※

Passado o ataque de riso, Manuela foi para o escritório de sua casa, conversar com Giovanni sobre os próximos passos do processo:

— Demos sorte, ainda mais sendo justamente na casa onde eles fizeram a varredura - afirmou Giovanni.

— Doutor, eu sinceramente não imaginava viver uma sequência de emoções tão grande quanto essa que a vida tem me dado.

— Agora acho por bem colocarmos uma linha de que o filho tem ligação com os negócios.

— O delegado disse que eles acreditam nisso.

— É natural, ainda mais da forma como se deu.

— Sei que não é momento para comemorar, mas depois de tantos meses, estou respirando leve.

— Vamos sorrir, ganhamos fôlego, minha amiga.

Fino bate à porta.

— Posso entrar?

— Claro! Eu já estou de saída - respondeu o advogado.

— A madame está feliz hoje? - brincou Fino

— Estou aliviada, ao menos por enquanto.

— E aquela risadaria toda?

— Tive um ataque de riso, imaginando o imbecil colocando fogo em uma prova de crime, minutos depois da polícia reconhecer o lugar. Fino, ele é maluco! A gente já sabia.

— Verdade.

Silêncio.

— O que foi? Parece que não está feliz. Ganhamos fôlego.

— Precisamos conversar.

— Verdade, você havia dito que precisava me falar sobre o detetive.

Silêncio.

– O que foi, Fino? Está me deixando preocupada. Acho que não nasci para ter paz.

– Preciso te levar em um lugar. Vamos?

– Agora não, vou receber um consultor. Quero ver como posso ampliar os negócios da empresa.

– É importante!

– Qual grau de importância?

– O maior possível.

– Fino, se for alguma bobagem, eu boto você pra correr.

– Não é! Vamos?

– Tudo bem. Vamos!

No caminho, enquanto Fino fica calado, Manuela vai conversando e trabalhando ao telefone. Chegam em frente ao sex shop. Fino para e desliga o carro.

– É sério isso, Fino? Te disse que precisava ser algo sério. Poxa...

– Calma, Manu.

– Não me chama de Manu. Estou brava já!

– Manuela, por favor! É sobre seu filho.

Manuela para.

– No sex shop, Fino? Na droga de um sex shop? Cacete!

– Deixa te falar. Onde você contratou o detetive?

– Em uma padaria, no centro.

– Nunca foi ao escritório dele?

– Óbvio que não!

– O escritório dele é atrás dessa loja. Vamos entrar!

– Não vou sair desse carro, Fino! Me leva pra casa. Estou ficando nervosa!

– Para de ser teimosa! Acha que eu ia brincar com uma coisa dessas?

Manuela sai do carro. Ao ver que o assunto era sério começa a ficar nervosa, com as mãos frias. Entrando na loja, Fino pergunta pelo detetive e logo conseguem entrar no escritório.

– Fino, que surpresa! - recebe o detetive
– Qual a novidade, senhor? - se adianta Manuela.
– É mais difícil de falar do que se pensa, né Fino? - argumenta o detetive
– Na verdade, trouxe porque a dívida é sua!
– Manuela, não será algo fácil de digerir, mas encontrei seu filho. Nesta sala que vamos entrar agora, bem ao centro está seu filho. Vou responder todas as perguntas.

O detetive abre a porta e eles entram. Manuela muito calmamente olha para toda a sala, até se fixar no esquema que tem o seu nome. Vai direto à foto de Breno. Paralisada, a empresária não consegue se mover. Com a mão sobre a foto, fecha os olhos e sussurra seu nome. A sensação de vista turva é a mesma das vezes que encontra com ele pessoalmente.

Fino vai para perto dela, mas o detetive o impede. Manuela fica de olhos fechados até o mal-estar passar. Seu coração está batendo forte. As lágrimas começam a descer em seu rosto. O arrepio é inevitável. Ela arranca a foto da parede, coloca contra o peito e numa mistura de riso e choro se entrega à emoção.

– Meu filho! Meu filho!

Vai se abaixando lentamente e agachada chora alto abraçada com a foto. As forças nas pernas já não existem. A sensação de alívio e emoção é contagiante. Fino e o detetive estão chorando juntos. Foram anos de muita aflição, distância e nenhuma notícia. O vazio da incerteza e da sensação de impotência. Tudo o que havia feito até chegar naquela certeza. Ela sabia que aquele médico era seu filho desde a primeira vez que o viu. Mas a incerteza doía. A vergonha tornava a vista turva e sem vida. Agora, só repetia o que por muitos anos esperou para falar com a convicção de que ele estava bem:

– Meu filho! Meu filho!

Fino se juntou a ela no chão e abraçado a levantou. Manuela soluçava, tremia, mas no rosto estava a alegria.

***

Quando recuperou a força nas pernas, Manuela nem olhou para o lado. Se levantou, abraçou o detetive que tanto tinha a falar, mas que sabia que aquele momento não seria o melhor. Puxou Fino e foram para casa.

Durante o trajeto, Giovanni ligou para ela com a intenção de comunicar a data da audiência prévia. O juiz tinha celeridade no caso. Ela ao atender o telefone só disse:

– Doutor! Meu filho! Achei meu filho!

Sem reação, o advogado só parabenizou e comunicou que a audiência seria em quinze dias. A euforia de Manuela era tanta que ele mal conseguiu falar.

– Manuela, você precisa baixar a adrenalina. O rapaz não vai saber lidar com a informação.

– Você tem razão, Fino!

– Precisamos pensar bem em como falar com ele.

– Você sabe quantos anos espero por esse dia? Hoje basta um abraço! Eu sabia, sentia que ele era meu filho!

– Você sabia?

– Quando o via sentia algo como a falta de sentidos. A pressão caía. Era uma sensação diferente.

– Que coisa!

Chegando em casa, antes de encostar o carro, Nicholas estava saindo de casa com Paolo. Iam em direção ao carro. Manuela mal esperou parar o carro, saiu andando depressa, foi logo em direção ao filho. Fino de dentro do carro só colocou a mão na cabeça.

Ao se aproximar de Nicholas, Manuela deu-lhe um abraço – coisa inédita, já que nunca havia feito isso e nos braços do rapaz desmaiou.

A correria foi grande. Fino logo saiu do carro. Pegaram ela no colo e a deitaram no sofá da sala de estar. Manuela foi voltando aos poucos. Bem junto a ela estava Paolo segurando sua mão.

– O que foi isso, Manu? - questionou Paolo

– Acho melhor você fazer uma exames no hospital - sugeriu Nicholas.

– Vou com ela - completou Paolo.

– Estou bem, gente!

– Bem onde? Antes era a gravidez e agora? – disse Paolo.

– Talvez picos de pressão -sugeriu o médico.

– Preciso falar com vocês.

– Sugiro mais tarde, vamos, vou te levar ao quarto - disse Fino, que estava na porta.

– Não! Preciso falar agora.

– Diga, mamys - brincou Paolo

– Você se lembra, Paolo, do caso do meu filho?

– Claro, como poderia me esquecer? Tem novidades?

– Temos sim!

– Enfim, o detetive agiu? - -brincou

– Sim. Então, talvez seja difícil de engolir, mas encontrei meu filho.

– Aí senhor! E ele?

Manuela acenou com a cabeça para o lado de Nicholas.

– Quer que eu saia? Tudo bem! -disse Nicholas se levantando.

– Não, imagina! Muito pelo contrário - disse Manuela.

– Não! - disse Paolo. É o que estou pensando?

– O Breno...

– Isso é sério? - insistiu Paolo. Com 100% de certeza?

– 100 não meu amor. 200, 300, 400...

Paolo olha para Nicholas, respira fundo. E uma lágrima cai de seus olhos.

– O que está acontecendo? - indaga Nicholas.

O LADO DEMÔNIA

– Você, meu amor! É o Breno da minha mamys postiça.
– Eu o quê?
– Sim, eu sou sua mãe - conclui Manuela.
Nicholas fica em silêncio.
– Vocês estão falando sério? - indaga Nicholas
– Sim, meu filho - responde Manuela.
Nicholas se levanta e vai à janela, olhar para fora. Fino e Paolo saem da sala e deixam os dois sozinhos.
– Me desculpe falar dessa maneira - diz Manuela.
– Não existe outra forma de falar isso. Eu sempre quis saber quem era minha mãe. E ela o tempo todo bem embaixo do meu nariz. Eu te operei! Eu chorei quando Paolo contou sua história - disse chorando.
– Vai ser difícil digerir, mas dê uma chance ao tempo. Dê tempo ao tempo.
– Pra quê?
– Para você aceitar o fato
– Eu aceitar? Na verdade, não quero perder mais nenhum minuto sem minha mãe. Esperei minha vida toda por esse momento.
– Estou ouvindo isso ou estou sonhando?
– Está ouvindo, sim! Esperei minha vida toda por esse momento e descobrir que minha mãe é uma mulher tão incrível como você só me enche de orgulho!
– Posso te dar um abraço?
– Ah, me desculpa... Eu sou meio sem jeito com essas coisas.
– Meu filho!
– Mãe!
Se abraçam.
– Só não vão desmaiar os dois, senão levo todos pro hospital – disse Paolo entrando de volta na sala.
– Tava ouvindo atrás da porta, que coisa feia... - disse Nicholas.

– Me desculpe, mas tive que ouvir e chorar junto. Vem aqui dar um abraço!

Na porta, Fino enxugava as lágrimas.

– Vem Fino! - chamou Paolo - você também estava ouvindo tudo e chorando comigo.

– Um abraço em família - disse Manuela - em família!

∗∗∗

Quinze dias depois, às 6h30 da manhã, o doutor Giovanni chegou na casa de Manuela. Ela já estava sentada à mesa tomando café.

– Cruzes, doutor! Tá igual aquele delegado? – brincou.

– Só quero chegar na audiência o quanto antes.

– Hoje acredito que colocamos uma pedra nesse assunto.

– O juiz deve encerrar?

– Não posso garantir, mas acredito que sim.

– Então vamos o quanto antes!

– Manuela, seja qual for o resultado de hoje, você precisa definir qual será seu próximo projeto de vida. Se vai dar sequência na vida que viveu até agora, ou se começará outra realidade.

– Vai depender do resultado, doutor!

– Você sabe, mas sugiro repensar.

Antes que ela pudesse falar alguma coisa, Nicholas entrou na cozinha com Linda no colo. Manuela segurou as palavras e fitou os filhos. Ela já sabia qual seria a decisão tomar. Estava feliz.

Saíram para a audiência ela, o doutor Giovanni e Fino. O caminho todo em silêncio. Estavam tensos, até que o celular de Manuela tocou, com mensagem do senador Jorge: Vai que essa de hoje é sua!

Chegando no local da audiência, a primeira pessoa que eles encontram na porta é o delegado Luiz:

– Bom dia, senhora! Dia de sorte hoje?
– Espero que sim!
– Boa sorte!
– Obrigada!
Mais adiante, antes da sala principal, o detetive se aproxima.
– O que o senhor faz aqui?
– Podemos conversar rapidamente?
– Sim, diga!
Foram mais para o canto.
– Minha inteligência identificou mais casas suas com estoque.
– Estoque?
– Sim... de armamento - sussurrou
– Como sabe disso?
– Sou detetive, senhora.
– E por que está me contando isso?
– Tenho uma dívida com a senhora, por conta da demora com seu filho.
– Já disse que não vou querer o dinheiro que o Mário lhe deu.
– Estou fazendo por gratidão. A senhora é uma boa pessoa.
– Tem muita coisa?
– Inclusive em residências que não estavam no nome dele legalmente.
– Conversamos após audiência. Você vai em casa, tá bem?
– Sim, obrigado senhora! E só para não ficar assustada, o investigador brasileiro está aqui.
– Fazendo o quê?
– A justiça italiana autorizou, como sinal de boa-fé.
O advogado enfim chamou Manuela. O juiz vai começar a audiência.

***

"**Senhores**, o juiz de direito penal, Excelentíssimo Doutor Frederico Milano."

— Declaro aberta a audiência preliminar, tendo como objetivo o julgamento do réu póstumo Mário Pocolinni, sua esposa Manuela Ramos Pocolinni, e o filho mais novo do réu póstumo Mário, Paolo Pocolinni. Trago aqui as boas vindas às autoridades brasileiras, cujas consequências de crimes oriundos daqui, afetaram o território brasileiro. Alego que o processo e investigação tiveram início no Brasil, mas pelo fato do réu principal ser naturalmente italiano e a origem dos manufaturados serem deste país o processo foi trazido para esta corte. Sem a necessidade de maiores explanações e depoimentos, baseado nas provas colhidas pelos brasileiros, boa-fé dos réu vivos, buscas e apreensões em território italiano, chego à conclusão de que os crimes foram arquitetados, executados e mantidos unicamente pelo réu póstumo, Senhor Mário Pocolinni.

Enquanto o juiz proferia seu parecer, Manuela só tinha na cabeça a tentativa de encontrar a solução para a quantidade de armas que tinha em suas propriedades, até porque parte das que estavam inclusive na fazenda da Toscana eram suas, de seus negócios na comunidade do Brasil. Quando o detetive lhe falou sobre o tal depósito foi que se lembrou das que eram suas.

— Portanto, com a cabeça do esquema e, claramente - continuava o juiz - o único operador, tendo feito de vítimas seu próprio filho e esposa, declaro que esse processo seja encerrado, sem a possibilidade de aplicação de pena e de continuação de investigação. Aos demais réus, sem o ônus da culpa e para que não sejam prejudicados em seu patrimônio, já que não os constituíram, mas herdaram, não aplico multa. Entrementes, sob o pesar e prejuízo da sociedade, os indico compulsoriamente para um serviço voluntário a ser cumprido na determinação da promotoria. Caso encerrado!

O juiz logo se levantou e os advogados e até a imprensa local aplaudiram. Era o fim de uma longa batalha e também a oportunidade de Manuela recomeçar.

✱ ✱ ✱

Dois dias após a audiência, Paolo e Manuela foram destinados a prestar serviços em detenção de menores. Ambos encarregados de lavar a louça do almoço, por duas semanas ininterruptas. Ele na ala dos meninos e ela das meninas.

Nesse período estavam proibidos de viajar, inclusive dentro do próprio território italiano. Antes de começar, Manuela logo pediu para que Fino passasse um pente-fino nas propriedades da família.

Durante o período que cumpriu o trabalho voluntário na detenção de menores, Manuela se comovia tanto que chegava horas antes de seu horário estipulado para ajudar a servir a comida e até quebrava o protocolo conversando com algum dos menores. A maioria esmagadora presa por furto ou transporte de drogas.

Na hora de sua função, caldeirões e milhares de talheres de plástico para lavar a faziam pensar na vida pelas longas horas que cumpria seu ofício determinado.

Durante o período, Fino concluiu o levantamento e havia aproximadamente nas propriedades, entre grande e pequenas, cerca de 2 milhões de armas. Fino descobriu ainda que na propriedade que não estava legalmente no nome de Mário, havia um porão subterrâneo parecido com o que havia na fazenda que morava.

A poderosa pediu para que Fino reunisse tudo nesta propriedade 'clandestina' de forma bastante discreta enquanto ela pensava em como se desfazer daquilo tudo. Se fosse vender no mercado do tráfico seria uma enorme fortuna. Mas não queria mais se envolver com aquilo.

No penúltimo dia de seu trabalho voluntário assistido, pensou em levantar um forno na propriedade e derreter todo o material. Enquanto lavava aqueles caldeirões, imaginou fazer panelas. Era uma ideia que não tinha gostado, mas que pensando bem seria melhor que manter a armas guardadas ou toneladas de aço e ferro derretidos sem uso.

No último dia, chegou com muito tempo de antecedência. Queria se despedir de algumas coleguinhas que fez e observar pela última vez aquela rotina triste das presas menores.

Quando chegou na detenção havia uma enorme confusão, um controle ainda maior e o horário de comida seria maior, pois elas ficariam muito longe uma das outras e já voltariam para suas celas. Quando chegou, Manuela quis saber das cozinheiras o que tinha acontecido.

Então lhe explicaram que elas estavam de castigo porque uma das detentas tinha conseguido entrar com uma pulseira de metal e elas brigaram durante o banho de sol sobre quem iria usar.

Na hora Manuela não ligou muito, ficou pensando em como uma pulseira poderia fazer mal, embora haviam explicado que era para evitar que elas mesmo se machucassem. Pouco antes de terminar os almoços, a menina não quis comer. Ao invés disso, ficou colocando o garfo plástico e a faca perto das orelhas, como se fossem brincos. A colher, ela fazia como se fosse um espelho e fingia se maquiar.

Primeiro, Manuela, com o coração cortado, estava morrendo de dó. Depois, quando observou a garota novamente ajustando os "brincos imaginários", teve uma ideia empolgante. Já sabia como utilizaria todo o metal que iria derreter. Aquela menininha era o retrato do que poderia fazer. A escola de maquiagem já tinha, os consultores incentivavam Manuela a investir em produtos de maquiagem e agora levava consigo a ideia dos acessórios de bijuteria.

Seu horário acabou, a missão dada pela justiça também. Agora era seguir a vida, disposta também a atuar em alguma área social. Manuela saiu com a cabeça de empreendedora fervilhando.

Antes de deixar o uniforme que usou no balcão da detenção, Manuela avistou em cima de uma mesa uma pulseira dentro de um saco plástico.

– O que é aquilo? - perguntou para a atendente, uma mulher que ficou os quinze dias paquerando Manuela.

– Ah, amor! Isso é a pulseira que aquela otariazinha levou pra dentro. Pior, eu não percebi!

– Vai devolver pra mãe?

– Nada, a praga nem mãe não tem! Foi uma parente que trouxe. Vai pro lixo já!

– Pode me dar?

– Quer aquele lixo? É uma bijuteria barata, mulher!

– Ah, guardo de lembrança por ter passado nesse lugar.

– Lembrança desse terror? Tu és rica, gata! - -disse pegando o saquinho - mas toma, sei que vai jogar fora depois.

– Como sabe?

– Todo mundo que sai daqui sai sensibilizado, digo que vem fazer trabalho voluntário. Depois dá graças a Deus que saiu - riu.

– Sabe o nome da garotinha?

– Da peste?

Manuela riu.

– Acho que é Paloma - respondeu pegando o livro de registro de castigo - exatamente, é Paloma… Paloma é o nome da peste!

– Está bem! Obrigado, viu! E obrigado pela atenção desses dias.

– Vai lá, gata… Querendo, é só falar - gargalhou.

Ao sair da detenção, Paolo já estava no carro com Fino.

– Que demora pra sair, Manu! - indagou Fino.

– Tava me despedindo do lugar.

– Que?! Ah essa minha mãe/sogra tem casa uma - -brincou Paolo.

– Só você mesmo - Fino sorriu suavemente.

Saíram de frente do presídio e Manuela olhou a pulseira dentro do saquinho, apertou com as mãos, fechou os olhos e reclinou a cabeça no encosto do banco. Dormiu até chegar em casa.

***

Passados trinta dias do final do trabalho voluntário, Manuela já tinha derretido todas as armas que Fino havia localizado. Comprou um prédio no centro comercial de Roma e montou ali a Manu Cosméticos e Acessórios.

Transferiu a escola para o novo prédio que ficou no andar superior e abaixo começou a comercializar os produtos de maquiagem que havia planejado fabricar desde antes da audiência que finalizou o processo.

Em paralelo, a poderosa transformou onde ficava a escola antes, na Toscana, na fábrica dos produtos cosméticos. O prédio precisou de algumas adaptações, mas até terminar a construção da fábrica de acessórios na propriedade 'clandestina' que ela comprou, preferiu não fazer grandes reformas.

Em tempo recorde, Manu construiu um grande galpão em quase toda a propriedade que agora era sua e se transformou na fábrica de acessórios, dando uma utilidade para todo o aço e ferro que derreteu.

Da loja de cosmético, quem cuidava diretamente era Paolo, da fábrica de Acessórios era Fino, da fábrica de cosméticos ela mesmo supervisionava os químicos e técnicos da área.

Na fábrica de acessórios, logo em sua entrada, Manu mandou criar uma espécie de vidro mostruário onde colocou, ao alto e todo em destaque, a pulseira da Paloma, a menininha que inspirou a ideia.

- editoraletramento
- editoraletramento.com.br
- editoraletramento
- company/grupoeditorialletramento
- grupoletramento
- contato@editoraletramento.com.br
- editoraletramento

- editoracasadodireito.com.br
- casadodireitoed
- casadodireito
- casadodireito@editoraletramento.com.br